勇者に全部取られたけど幸せ確定の俺は「ざまぁ」なんてしない！

The brave man took everything, but I'm a confirmed happy man and I don't "Zamaa"!!!

石のやっさん
Ishino Yassan

Illust.サクミチ

CHARACTERS

アイシャ
その凛々しさから剣姫と
名高い女剣士。実は可愛
い側面も…？

メルル
回復魔法を得意とする
アークプリースト。何か
とドジをしがち。
ケイン
勇者パーティを追い出さ
れた元英雄のSランク冒
険者。酷い仕打ちを受け
ても勇者達を憎めない
ほどのお人好し。

アリス
アイスドールの名を持
つ魔法使い。名前に反し
て勝気でお喋り。

ケイト
勇者パーティのメンバーで剣聖と呼ばれる剣の使い手。女の子と魚釣りに目がない。

シエスタ
元奴隷でケインに解放されメイドになった。なぜか給仕するより戦う事の方が多い。

リヒト
パーティを私物化するため幼なじみのケインを追放した勇者。

クルダ
荷物持ちを生業とするポーター。見た目は幼いが、しっかり者。

第一章　さらば、勇者パーティ

「悪いが今日でクビだ」

パーティリーダーであり、勇者のジョブを持つリヒトが俺に告げた。

さらにリヒトは憐（あわ）れむように続ける。

「今までずっと仲間として支え合いながらここまで来たよな……だが、お前は俺達と力の差が開きすぎた。わかっているだろ、ケイン」

確かに最近の俺は取り残されていた。

勇者のリヒト。

剣聖のケイト。

聖女のソニア。

賢者のリタ。

そして俺、魔法戦士のケイン。

五人揃ってSランクパーティ〝ブラックウイング〟。

俺達は幼なじみでもある。

だが、成長した四人に、俺は追いつけなかった。

とはいえ、別にクビになっても良いと思っていた。

この世界では、冒険者ギルドが格付けするパーティのランクと冒険者のランクがある。

俺はこのパーティでは落ちこぼれだけど、冒険者ランクはSランクなのだ。

ここを出れば、いくらでも拾ってくれるところがある。

こいつらにはついていけないかもしれないが、他のSランクパーティならまだ通用するし、Aランクのパーティまで落とせば引く手あまただ。

俺にもそのくらいの価値はある。

「確かに魔法戦士の俺じゃ皆についていくのは難しいな」

俺はリヒトにそう言った。

幼なじみである俺にはこいつの狙いがわかる。どうせハーレムが欲しいだけだ。

俺とリヒト以外のメンバーは全員女だからな。

だが、リヒトはもっともらしい理由をつけたいようだ。

「勇者として飛躍するには大きな手柄が必要になる。残念ながらお前とじゃ無理なんだ。わかってくれるだろ？　それに、パーティを抜けてもお前が親友なのは変わらないからな」

俺は他のメンバーを見回す。

元恋人である賢者リタの目を見た。彼女はもう昔のような優しい目をしていない。リヒトの女になったのは知っていた。

リタが口を開く。

「私もリヒトの意見に賛成だわ！　あなたはもうこのパーティについていけない。きっと近いうちに死ぬか大怪我をするから、さっさと辞めた方が良いわ。これはあなたの事を思って言っているのよ」

「リタ……そうだよな。ありがとう！」

俺はリタに微笑みながら礼を言った。

ふと、リタの左手に目がいく。

薬指には見覚えのない指輪があった。これは恐らくリヒトが買い与えた物だろう。

俺があげた指輪はもうしていない……

勇者と魔法戦士ではジョブとしての価値が違いすぎる。リタがリヒトを選ぶのも仕方ないと諦めがついた。

ちなみに他の二人も同じ指輪をはめていた。

ハーレムパーティに俺はいらない。

まあ一応確認だけしておくか。

「リタ……二人の関係は終わりで良いんだな」

「……」

リタは答えない。俺はさらに問う。

「君の口から聞きたい」

「もう、あなたを愛していない」

そんな事はもうとっくにわかっていた。あくまで確認だ。

俺はリタに笑ってみせた。

「まあ、リヒトは良い奴だ。幸せになれよ！」

リヒトの名前を出すと彼女は驚いたようだった。

「し、知っていたの？」

「ああ。まあ、仕方ない。リヒトは勇者だ。こいつなら諦めもつく」

「ごめんなさい！」

「気にするな」

俺にとっては今さらどうでも良い事だ。

そこへリヒトが割って入る。

「もういいだろ。村に帰って田舎冒険者になるか、別のパーティを探してくれ」

「そうだな、俺は他に行くよ」

こいつは俺とリタが付き合っているのを知っていて寝取った。

親友だと思っていたのにな……馬鹿野郎。

リヒトは勝ち誇った顔で俺を見ている。

思いっきり、俺をあざ笑っているんだな。

何をしても優秀で、顔も良くて、強くて、おまけに勇者だ。

そんなお前が、俺は自慢だったんだ。

彼らに背を向けると、四人の幼なじみが一斉にお別れの言葉を言ってくる。

「じゃあな！」

俺はそれに元気に応えた。


リヒト達と別れた俺は一人町をぶらついていた。

実は俺、ケインには、前世の記憶がある。

日本という国で小説好きの学生だった、というだけのものだが。

その時によく読んだラノベのテンプレで〝ざまぁ〟というのがあった。今の俺はそれをしてもいい状況だが……別に〝ざまぁ〟なんてしなくて良いんじゃないかな？

そもそも、俺は巻き込まれて勇者パーティにいただけなんだ。

どうやってこの世界に来たのかは覚えていないが、気が付いたら俺は十歳ほどの少年になり、ある村にいた。

そして、村にいた幼なじみが全員、四職(よんしょく)――勇者、聖女、剣聖、賢者だったのだ。

ちなみに四職というのは、魔族の四天王及び、魔王を倒すために必要と言われているジョブの事だ。

魔族は魔王に仕える存在全てを指す。四天王はその中でも特に強大な力を持つ四人が持つ称号である。

幼なじみがそんな大変な戦いに巻き込まれるんだ、俺だって何もしないわけにはいくまい。それだけの事だった。

勇者パーティなんて、歳をとってもずっと冒険しなくてはならない。定住はできないし、旅が終わる頃には爺(じい)さんだ。

それに、勇者パーティは名誉のために大金を捨てなきゃならない仕事なんだぜ。

普通はワイバーンを狩れば一体でも大金が入る。日本円で約五百万円くらいだ。

だが、勇者パーティは国に所属するから、報酬は全部国に取られる。

そんな事をさせられながら、最後は魔王と死ぬか生きるかの戦いをさせられる、究極の貧乏くじだ。

だから、正直に言えば、「追放してくれてありがとう」なんだよ！

俺がパーティを追い出されてから数日――ソロになった途端、俺の周りは騒がしくなった。

ギルドに行けば毎日冒険者達に囲まれる。

「私達とパーティを組みませんか？　私、ケインさんに憧れていました」

「俺のところに来ませんか？　顔が良い女もいますよ？」

「ブラックウイングなんてクソだわ……だってリヒトさんのハーレムパーティじゃないですか。私達はケインさんの方が好きです。絶対満足させますから」

こんな具合で俺の周りに集まってくる人達に、俺は笑顔で対応した。

「誘ってくれてありがとうな！　だけど今は好きな事をしたいんだ」

これだけ人が寄ってくるのも無理はない。

俺はソロでワイバーンだって狩れるのだ。

そんな人材、どう考えても欲しいだろう？

ギルドの受付嬢だって、俺を見てソワソワしているよ。

そりゃそうだ。これだけ使える冒険者はギルドも重宝する。

だから俺は、リヒト達なんて気にしない。普通に幸せに暮らせるんだからな。

早速新しいパーティメンバーを集めるか。

まあ、ギルドの掲示板に募集を載せるだけだが。

手続きを済ませ、ギルドの酒場で酒を飲みながらゆっくりしていると、長い金髪の女性が話しかけてきた。

「ちょっと話をさせてもらって良いだろうか？」

「別に構わないけど、メンバー募集の話かな？」

「そうだ。私の名前はアイシャ。Aランクでそこそこ有能な方だと思うのだが、メンバーとしてどうだろうか？」

「まさか、剣姫アイシャか……？」

確かジョブはクルセイダー。美しい剣技と容姿で有名な女騎士だ。

「俺で良いのかな？　アイシャさんみたいな方が入ってくれたら確かに嬉しいけど……」

俺が戸惑い気味に返すと、アイシャは語気を強くする。

「馬鹿を言うな！　ケイン様はSランクなんだぞ！　私にとってあなたは雲の上の人だ」

俺はそれを聞いて頷く。

「じゃあ、採用で」

「本当なんだな！　後で嘘とか言ったら泣くからな！」

「嘘なんて言わないよ……ただ、今はまだパーティメンバーが集まっていないから、活動は人数が集まってからになる」

「ならば問題はない……ほら！」

アイシャが指差した先には、水色の髪の女の子がいた。

「あの……私はアリス。アークウィザードをやっているわ。メンバー募集しているのよね？」

「採用」

「えっ……」

これまた大物だ。

アイスドールのアリス。魔法を得意とするジョブ、アークウィザードのAランクだ。アイスドールは、めったに笑わない事からついたあだ名らしい。

「そんな簡単に決めて良いのか？」

アイシャが尋ねてくる。

「うん、最初にパーティに入ってくれたのがクルセイダーのアイシャさん。メンバーのジョブのバランスを考えると、攻撃を担ってくれるアークウィザードは貴重な戦力だ。後は回復系の人がいれば……」

「それなら……おーいメルル、早くこっちこっち！」

アリスがギルドの奥にいた女の子に声をかけた。

「メルルって……」

「メルルはアークプリーストだから回復役としては最高よ！　色々と恵まれてなくてまだBランクだけど、実力は私が保証する」

「よろしくお願いします……」

茶色いおかっぱ頭でマントを羽織った少女が頭を下げる。

「うん、よろしく。後は贅沢を言うなら荷物持ちとしてポーターが欲しいな……」

俺が呟くと、今度はアイシャが口を開いた。

「ポーターなら、あの子が良いだろう……収納魔法（大）が使える。クルダ！」

アイシャの呼びかけに応じてやってきたのは、くせ毛でおさげの女の子だ。

「はーい。アイシャさん、どうしたんですか？」

「ケイン様のパーティ募集の枠があるけどどうだ？」

「え……ケインってあの勇者パーティのケイン？　そんなの入るに決まってますよ！　良いんですか？」

　こちらを見上げてくるクルダに俺は頷いた。

「よし、これでメンバーは揃ったかな……」

　あっという間にパーティが決まった。

　俺は早速新パーティのミーティングを始める。

「今回は俺のパーティに参加してくれてありがとう」

　そう言って頭を下げると、アイシャが首を横に振る。

「何を言っているのだ！　Sランクであるあなたのパーティに入れてもらえるんだ。礼を言いたいのは私だ」

　アイシャの言葉にアリス、メルル、クルダが同意する。

「私もそう思うわ」

「はい、あたしもです。でもあたしなんかで務まるんですかね……？」

「うちもCランクなんだけど大丈夫ですか？」

俺は不安そうな新メンバー達に、笑って答える。

「ああ、大丈夫だ。だが冒険を期待していたようならすまない。このパーティのモットーは無理をしない。そして、全員が楽しく暮らす、だ！」

「「「楽しく暮らす!?」」」

声を揃えて驚く皆。だが、嫌そうな顔をする者は一人もいない。

「そうだ。簡単に言うと、皆でお金を稼いでのんびり暮らす。それ以上でもそれ以下でもない！それが嫌なら抜けてもらって構わない」

「ふむふむ……それで報酬の分配などはどうするのだ？」

アイシャが口にした疑問は当然のものだ。俺は説明する。

「基本は俺が管理する。最初の一ヵ月は報酬から生活費のみ支給する。そして残りのお金で、俺達のパーティハウス――つまり拠点を買うつもりだ。もちろん全員の共同名義でな。その後の報酬は六等分して、六分の一は貯金、残りを平等に分配でどうだ？」

俺が説明を終えると、メルルがおずおずと聞いてくる。

「あの、あたしはBランクなんですが、同じ額をいただいて良いのですか？」

「構わないよ。皆、とりあえずそれでどうかな？　アイシャとアリスはAランクだけど大丈夫？」

「私は問題ない……Sランクのケインさんが同じ額なのに、文句なんて言わないさ」

「私だってそうよ。後方支援なのに贅沢なんて言えない」

アイシャとアリスも同意してくれた。

「それじゃ決まりだな！　そうだな、最初は稼がなきゃいけないし、ちょっと頑張ってワイバーンを狙ってみようか」

「「「ワイバーン!?」」」

「そう驚かないで！　基本は俺がやる。皆は後方支援してくれれば良い」

ワイバーンは亜種とはいえ立派な竜だ。

普通は人数を集めて、数で倒す方法をとる。

それをたった五人……一人はポーターだから実質四人で倒そうと言っているようなもの。驚くのも無理はない。

「ひとまず今日は解散して明日の朝、町の表門に集合だな。もし問題なく依頼をこなせたら祝杯を挙げよう！」

「「「はい！」」」

◇◆◇◆◇

翌朝――俺が待ち合わせ場所の門で待っていると、四人が揃ってやってきた。

「よし、行こうか？」

事前に馬車を用意しておき、必要な物は全部積んでおいた。

今回の依頼はワイバーンの素材回収。

つまりはワイバーン討伐だ。

わりと難度の高い依頼だが、準備は万全だ。

するとクルダが尋ねてくる。

「あの……御者(ぎょしゃ)は誰がするのですか？」

「それは俺がやるよ」

クルダをはじめ、メンバーの皆は一番ランクが高い俺に御者をやらせる事に気が引ける様子。

まあ、そんな事はどうだっていい。俺は皆が乗り込んだのを確認して、馬車を出発させた。


馬車に揺られて三時間――ようやく目的の場所に着いた。

「さてと……ようやく到着したな」

「ここは……ワイバーンの岩場？　大量のワイバーンが生息しているという……」

アイシャの呟きに俺は頷いた。

すると――

「ああ、私には無理だ……」

アイシャは卒倒しそうになる。俺は慌てて彼女を支えた。

「大丈夫だよ、アイシャ！　ワイバーンを倒すのは俺！　君は仲間を守るだけで良い。とりあえず、アリスさんは視界に入ったワイバーンの翼に攻撃魔法を。メルルさんは適宜回復を頼む！」

こうして俺達のパーティの初戦が始まった。

「これが勇者パーティに所属したSランクの実力なのか……？」

そう呟いたアイシャの目の前には、もう十を超えるワイバーンが積まれている。

俺はこのワイバーンを全部たった一人で倒した。

だが、まだまだいけるな。

「メルル、回復魔法は後何回使える？」

俺が尋ねると、メルルは元気よく答える。

「たぶん、十回はいけます」

「アリスはどうだ？」

「まだ大丈夫よ！」

「それじゃクルダ……どのくらい収納は可能だ？」

「後八体が限界です」

「よし、わかった」

その後もワイバーンを狩り続け、結局、十八体ものワイバーンを倒した。

普通のSランクなら一体が限界なので、十分な収穫といえよう。

「あのケイン様……」

「同じパーティなんだから、様をつけるのはやめよう、メルル。それでどうした？」

「なんで、ワイバーンをこんなに狩れるのですか？」

「それはメルルのおかげだよ！　回復魔法でいつでも体力を満タンにしてもらえるからな。体力が尽きるまでいくらでも狩れる。ありがとう！」

俺はさらに言葉を継ぐ。

「それにアイシャが皆を守ってくれるから、俺はワイバーン討伐に集中できる。アリスが翼を焼いてくれたから簡単に倒せたし、クルダが運んでくれるからたくさん討伐できた。皆の力だ」

少し恥ずかしくなってきたな……

でも、俺の本心だ。

「ケインにそう言ってもらえると助かる」

「ほぼ、固定砲台なのに……ありがとう」

「ただ、回復魔法使っていただけです」

「そんな事言い出したら、うちなんか最後に収納しただけですよ」

アイシャ、アリスは頷いてくれたものの、メルル、クルダはまだ、自分の力に納得していないみたいだ。

「俺一人なら一体しか倒せなかった。それが十八体だ。皆、自分に自信を持っていい。それに、これで目的のパーティハウスが買える」

その時、俺はふと気になって聞いてみた。

「そういえば、今回の報酬を等分にしたらどれくらいになるんだ？」

その疑問にはアリスが答えてくれた。

「一人当たりワイバーン四体弱の計算だから……節約して十年、普通なら五年は暮らせるわね」

「それを一日で稼いだんだから凄いな」

アイシャが呆れたように言うと、クルダがわなわなと震えていた。

「うち、ただのポーターですよ……こんな扱い初めてです」

俺はそんなクルダの頭をぽんぽんと叩いてから、皆を見回した。

「ひとまず、お疲れ様！　今日はここまでにしてギルドに戻ろうか」

これでパーティハウスは手に入るかな。

俺はそんな期待を胸に、町へ向かった。


その日の夕方、町に戻ってきた俺達は早速ギルドに報告しに行った。

「お帰りなさい、ケイン様！　依頼の方はどうでしたか？」

微笑みかけてくるギルドの受付嬢に、俺は上機嫌で答える。

「もちろん、こなしてきたよ。それで倉庫を使わせてくれないか？　後、今日の報酬は即金で支払ってもらえると助かる」

「良いですよ、そのくらい融通(ゆうずう)します。それじゃあ、倉庫に行きますか？」

「ああ、ちょっと待ってくれ……」

俺はそう言って、傍(かたわ)らにいるクルダに声をかける。

「クルダ、悪いけど倉庫まで付き合ってくれ。他の皆は酒場で飲み物でも飲んで休んでて」

「了解しました」

「「は〜い」」

その後、受付嬢とクルダとともに倉庫に移動する。

「それじゃクルダ、出してくれ」

「はーい」

クルダが収納魔法でしまっていたワイバーンを、目の前に積み重ねていく。

それを見た受付嬢は驚いて笑ってしまっていた。

「あははは っ、一体じゃなかったんですね？　十八体！　騎士団でも一体を相手にするのが精一杯なのに……とりあえず、ギルドマスターを呼んできます！」

そう言うと、受付嬢は走って行ってしまった。

しばらくして、ひげもじゃでがっしりした体格の男、ギルドマスターのアウターが倉庫に入ってきた。

「久しぶりだな。ギルドマスター」

「やっぱりケインだったか……派手にやったもんだ。ワイバーンの買い取りと言ったな。だが、この数だと恐らく依頼料と合わせて金貨千枚ほどになる。さすがに即金は難しい」

この世界の金貨一枚は、日本円でおよそ十万円。千枚だと約一億円だ。

「だが、俺は今すぐパーティハウスが欲しいんだ」

俺が拠点の話を切り出すと、ギルドマスターはぽんと手を打った。

「なら話は簡単だ！　パーティハウスはギルドが斡旋（あっせん）している。そこから選んでもらって、ハウス分の金額を差し引いた報酬を支払うよ」

「それなら構わない」

その後、メンバー全員で受付に行き、物件の情報をいくつか見せてもらった。

パーティハウスは皆が住む場所だ。全員が気に入らなければ意味がない。しかし、皆遠慮しているのか、なかなか決まらない。

だったら一番良いのにしとくか。俺は早速提案する。

「これなんかどうかな？　部屋がたくさんあるからそれぞれ自分の部屋が持てるし、倉庫や調理場も十分だ。何より他の家と違って風呂場がある」

「だが、これ金貨五百枚だぞ！　高額すぎないか？」

俺の選んだ家の資料を見たアイシャが、驚きの声を上げた。

アリスやメルル、クルダもうんうんと頷いている。

しかし、俺はこの家の有用性を主張する。

「君達は冒険者だけど、女の子でもあるんだよ？　この家がある地域は治安がいい。それにギルドも衛兵の詰め所も近いから安全だ！」

声高に説明する俺をまじまじと見つめる四人。

やがて渋々ながらも納得してくれた。

皆の許しを得た俺は、家の資料を見せてくれていた受付嬢に向き直って言う。

「それじゃ、このハウスにするよ。名義はパーティメンバー全員で」

「これにするんですね。かしこまりました。では、早速手続きいたします」

こうして俺達は最初の目標であるパーティハウスを、パーティ結成からわずか一日で手に入れた。

パーティハウスを購入した次の日。

俺達は新居で使う家具を買いに行く事にした。

待ち合わせ場所に到着すると、女の子達四人は既に揃っていた。

「皆、早いね……それじゃ買い物に行こうか。資金はたっぷりあるから、必要な物を全部買い揃えよう！　元から持っている物があっても、くたびれているならこれを機に新品に買い替えても良いからね」

俺がそう言うと、皆は顔を見合わせた。

「Aランクとはいえ宿屋暮らしだ。ろくに家具など持ってない。すまないが、全部買う事になる」

「私も同じ、持ち物は杖(つえ)と着替えしかない」

アイシャの言葉にアリスも頷いた。

「あたしも似たようなものですね」

「ポーターは稼ぎが少ないので……すみません、何も持っていません！」

メルルとクルダもすまなそうに俺を見てくる。

だが、そんな事はなんの問題もない。

「心配しなくてもいい。俺も同じだ」

そもそも冒険者なんてしていれば、よほど安定して稼いでいない限り賃貸すら借りられない。

冒険者として成功していても、家を持たず宿で生活している者が大半だ。

だから、皆が装備と着替えくらいしか持っていなくても驚かない。

俺だって勇者パーティにいたが、お金は勇者であるリヒトが管理していたので、大金を使う機会などなかった。

「さて、大きい物から買おうか……まずは家具からかな」

俺達は早速家具屋へと向かった。


到着した家具屋で、俺達は店内を見て回る。

この世界では全ての家具がオーダーメイドだ。

なので店に置いてある物は、中古品かサンプルという事になる。

工場などの生産ラインがないからそれほど不思議ではないのだが、この世界に来た当初は驚いた記憶がある。

全ての家具で全員の希望を聞いていたらきりがないので、全員で使う物は俺が頼んで、各自の部屋の家具は各々で注文する事にした。

「お金は気にしなくて良いよ！　家具は長く使う物だからよく考えて頼んで」

「「「はい」」」

その後は俺も自分なりのこだわりを伝えて、家具を注文した。

思ったよりも時間がかかるらしく、家具の完成まで約三週間との事。

完成したら配達してくれるそうだ。

寝具やカーテンや絨毯(じゅうたん)のみならず、調理器具なども同じくらいの時間がかかるらしい。

そうなると今買える物は、食器や小物しかない。

だが、それらは今あっても仕方ないので後日買う事にした。

俺は皆に確認する。

「これで、必要な物は全部注文し終わったかな？」

アイシャが首を傾(かし)げながら言う。

「こういった経験がないからわからないが、たぶん大丈夫ではないか……？」

「皆宿屋暮らしだったんだから仕方ないわ。足りなければ後で買えば良いのよ」

きっぱりと言うアリスに、メルルとクルダは頷く。

「そうですね……自分がパーティハウス持ちのメンバーなんだって、今頃になって実感してきました」

「ポーターなのに部屋持ち……信じられません」

なんだかんだ言って皆、満足のいく買い物ができたのかな。

「今日はもうやる事はないし、そのあたりでお茶でも飲みながら少し話さないか？」

パーティを結成してまだ二日しか経っていない。

これから一緒に暮らすのだから、親睦を深めておいた方がいいだろう。

そう思っての提案だったが、皆乗り気のようだ。

「そうだな！　パーティの連携は重要だし、意思疎通をスムーズにするためにもそのような場は重要だ」

「そうね」

「あたし暇ですから大丈夫です」

「うちももちろん暇です」

アイシャ、アリス、メルル、クルダは元気よく返事をしてくれた。

それから俺達は喫茶店のような場所で、今後の事を色々と話し合った。

「昨日のワイバーン狩りで思ったより稼げたから、生活費もかなりの額を分配できるな。家具がない間はハウスもほとんど使えないから、今のうちにお金を分けておこう」

「それは助かるな。一人当たりどのくらいになる?」

俺はアイシャの質問に答える。

「そうだな……後でパーティのお金が足りなくなると困るから、今回は金貨二十枚ずつにしようと思う。どうかな?」

「金貨二十枚……そんな大金良いの?」

アリスがびっくりしたように聞き返してきた。

メルルとクルダも困惑気味だ。

「あの……あたしはBランクですが、そんなに……?」

「う、うちはポーターです。金貨なんて手にするのは初めてです」

金貨二十枚だと、日本円にして二百万円くらいになる。

確かに大金ではあるが、アイシャやアリスは冒険者ランクが高く、そこそこ名前も売れている。

このくらいの金額なら、稼いだ事もあると思っていたが。

皆今までどのような待遇を受けてきたのだろうか……気になるな。

まあ、今はランクだとかそんなものは関係ない。

俺の目標は〝無理をしないで全員が楽しく暮らす〟だ。

「三週間もあるんだ。まずはそのお金でゆっくりしてくれ。今泊まっている宿の支払いもあるだろう？　それに今後は、月に金貨四十枚ずつ分けられるようにするつもりだ。一応、パーティとして活動するのは週に三日くらいで、残りは休みにしようと思っている」

俺がそう伝えると、アイシャが慌てて尋ねてくる。

「そのペースで金貨四十枚は、かなり厳しいのではないか？」

「あくまでこれは目標だ。だが、実現できると俺は考えている」

「どうだろうか……そんな夢のような生活ができるならしてみたいが……」

アイシャはなおも不安そうだ。

アリス、メルル、クルダもアイシャと同じような考えらしい。

「それは、冒険者なら誰もが送ってみたい生活ね」

「夢の先にある夢みたいなものですね」

「実現すればうちは世界で一番幸せなポーターになります」

まあ、最初は皆疑問に思うだろう。

だが、実現できるかどうかの不安はあれど、皆反対という感じではない。

「それじゃ、今日はこれで解散しよう。俺は家具はないがハウスの方になるべくいるようにする。その方が連絡も取りやすいだろう。何かあったら来てくれ。それじゃあ、また」

そうして俺は店を後にして、購入したばかりのハウスに向かうのだった。

ケインが去った後、アイシャ達はその場に残り、話をしていた。

ケインのパーティに入ってから二日の間にイベントがありすぎて、彼女達は頭が追いついていなかった。

最初に口を開いたのはアイシャだ。

「Sランクって凄いな……」

「凄いなんてものじゃないわ。たった一日で金貨千枚よ！　ありえない！　しかも、普通の人なら自分の取り分を多くするのに……均等に分けるなんて信じられないわ」

アリスが語気を強めた。

アイシャもうんうんと頷く。

「確かにありえないな……私はただ立っていただけだ」

「私だって、数発魔法を放っただけだわ……正直に言うけど、パーティに入れてくれたのって体目当てかと思ったの」

勢いよく話すアイシャとアリスを、メルルとクルダは呆然と見ている。

「ケインに関してはそれはありえないだろうな……彼がその気になれば、いくらでも可愛い奴隷が買える」

「そうなのよ！　さっきもらった金貨二十枚で美女奴隷が買えるわ」

アイシャもアリスも、自分の容姿が並み以上である事は十分自覚している。

幾度となく言い寄られた経験がある二人だったが、ケインからは全く下心を感じないのだ。

アリスは続けざまに言う。

「正直私はそういう関係になっても良いと思っていたわ。それで人生が保証されるなら十分と思っていたの」

「私はそこまで打算的ではなかったが、それで、Sランクのパーティに入れるならとは考えたな」

その時、アイシャはふと感じた事を口にした。

「それにしてもアリス。お前は〝アイスドール〟なんて言われているから、あまり喋らない奴だと思っていたんだが……」

「私は元々こういう性格なの。その名前は周りが勝手に呼んでるだけよ」

　そこでようやくメルルとクルダが口を開いた。

「アイシャさんやアリスさんが好待遇なのはまだわかりますよ。Aランクで立派な二つ名までついているんですから……あたしなんてBランクの無名冒険者です。そんなあたしがパーティに入れてもらえるなんて」

「うちもまさかこんなに良くしてもらえるなんて思っていなかったです。ポーターなんて〝運び屋〟とか言われて蔑まれる存在ですからね」

　この世界ではジョブによる格差が存在する。戦闘で活躍するクルセイダーなどは重宝されるが、ポーターのような地味なジョブは低く見られがちだ。

　だが、アイシャは首を横に振った。

「ポーターでもクルセイダーでも変わらないさ。何せ相手は元勇者パーティ所属のSランク。ケインから見れば私達は皆同じようなものだ」

　話が一段落したところで、皆で冷えたお茶をすする。

　すると、今度はメルルが話し始めた。

「あの……皆さん、仕事の話ばかりですが、ケインは凄い美形ですよね？　艶のある黒髪に黒目、体は鍛えられているけど決して筋肉ダルマじゃなくて細い。しかも肌なんて女のあたしよりきめ細やかで綺麗なんですよ！」

　クルダも同意する。

「そうですよ、あれは反則です！　勇者パーティにいた時はきっと目立たないようにしていたんでしょう」

　その後も話は過熱していき、気付けばもう夜になろうかという時刻だった。

　これだけ話していれば欠点の一つも出てきそうだが、ケインに関しては全くなかった。

「まあ、私達を拾ってくれたケインの期待に応えられるよう、これから一緒に頑張っていこう」

　最後にアイシャがそう締めくくり、今回のお茶会はお開きとなった。

　家具が来るまでの間、何もせずにいるのも退屈なので、俺ケインは家の掃除をする事にした。

　せっかくパーティハウスを手にしたのだから、綺麗にして皆を迎えようと思っていたんだが……

　これが案外難しい。

　とにかく家が広すぎるし、掃除道具なども揃っていない。

　早々に自力での掃除を諦めた俺は、ギルドを頼る事にした。

ギルドに着き、受付に向かう。

「依頼を出したいんだが……」

「Sランク冒険者のあなたが依頼を受けるのではなく出すのですか？　どのような内容でしょう？」

受付嬢だけでなく、ギルドに居合わせた冒険者全員がこちらに聞き耳を立てている。

Sランク冒険者が依頼を出すのがそんなに珍しいか？

「ただの掃除の依頼だからFランクか見習いで十分だ……ついでに掃除のコツを教えてくれる奴だと助かる」

受付嬢は頷いた。

「わかりました。そういう依頼なら、一人当たり銅貨三枚も出せば良いと思います。何人必要ですか？」

掃除してもらう範囲が広いし、人数が少ないと可哀想だな……

「なら、六人ほど頼めるか」

受付嬢は再度頷いて、依頼書を作成する。

彼女がそれを貼り出した瞬間、子供の冒険者がひったくるように依頼書を持っていった。

「ケイン様、この依頼は僕達で引き受けても良いかな？」

依頼書を手にした男の子の冒険者が、俺に尋ねてくる。

「もちろんだよ。ついでに掃除の仕方も教えてくれないか？」

「了解、任せておいて！」

すぐに依頼に取りかかりたいと言うので、仲間を連れてきた彼を早速パーティハウスに案内し掃除を始めてもらう。

子供とはいえ、こういう依頼には慣れているのだろう。あっという間に家が綺麗になっていく。

そして、俺は……隅で休んでいた。

依頼書を持ってきた男の子が呆れたように笑う。

「ははっ、Sランクのケイン様でも苦手な事があるんだな」

そう、俺は掃除が壊滅的に苦手な事がわかった。

今まで旅をしていてずっと宿屋暮らしだったから、掃除なんてした事がない。

馬車の御者もできるし料理もできるのに、まさか掃除がここまでできないとは思わなかった。

邪魔をしちゃいけないので、掃除は彼らに任せる事にしたのだ。

三時間ほど経った頃には、家がぴかぴかの状態になっていた。

「それじゃ、依頼書にサインをくれるかな？」

子供達を代表して、先ほどの男の子が依頼書を俺に渡してくる。

「はいよ……後これ、お駄賃だ」

俺は通常の報酬に加えて全員に銅貨を一枚ずつ渡した。

「ほら皆、ケイン様が追加報酬をくれたぞ。お礼を言おうぜ」

「「「「ありがとうございました」」」」

声を揃えて頭を下げる子供達に、俺は笑顔で応える。

「また何かあったら頼むよ」

彼らは笑顔で帰っていった。

俺は綺麗になったパーティハウスを改めて見て回る。

勇者パーティの時はしょっちゅう野営（やえい）をしていたが、ここには風呂とトイレ、自分の部屋まである。

家具が届くまでは三週間ほど。それまでは毛布一つあれば十分だろう。

俺は何かあった時に対応しやすいように、入口に一番近い部屋を自室にした。

他は皆で話し合って決めていけば良いと思う。

後は家事なんかができる人がいればなあ……

他のメンバーも俺と同じく冒険者だし、家事は期待しない方がいいだろう。

家事をしてくれる人がいたらかなり助かるのだ。

皆に相談する必要があるかもしれない。

パーティハウスに着々と家具などが届き始めた頃――

よく考えれば、家事だけでなくハウスの留守番や管理をする人間が必要だと気付いた。

これは俺だけで決めてはいけない事だ。

「すまないが、急ぎうちのメンバーを一人、誰でも良いから捜してきてほしい」

前世ならスマホがあるから楽だけど、今はこうやってギルドに頼まなければならない。

こんな事なら泊まっている宿屋を聞いておくべきだった。

「そうですね、それならまた見習い冒険者に依頼しましょう」

すると、またもやあっという間に、依頼書を手にした見習い冒険者の女の子がやってきた。

「ケイン様、これ私が受けても良いよね！」

「うん、お願いするよ。俺のパーティメンバーから誰でも良いから一人連れてきて」

「わかった！」

彼女はかなり優秀で、三十分ほどで見つけてきた。

「はい、捜してきました、確認のサインをください」

「早いね……はい、これでいいかな。後これ、お駄賃ね！」

俺はお駄賃として銀貨二枚を手渡した。

「さすがケイン様、太っ腹！　ありがとう！」

「ご苦労様！」

彼女が連れてきてくれたのはクルダだった。

「ケイン、どうしましたか？　急用ですか？」

不思議そうに尋ねてくるクルダに、用件を伝える。

「いや、ちょっと付き合ってほしいんだ……」

「どこに行くのかわかりませんが……了解しました」

「それじゃ、お願いする」

そうして俺はクルダを連れて目的の場所に向かった。


「あの、ケイン……ここは奴隷商ですが……まさか、うちを売り飛ばす気ですか!?」

急にこんなところへ連れてこられてクルダは驚いたらしい。

「何を言ってるんだ……俺がそんな事するわけないだろ？　大事なパーティメンバーなんだから。

ここには奴隷を買いに来たんだ」

それでもクルダの不安は拭えなかったらしい。

今度は別の心配をされた。

「あの、ケイン……そういうのが必要ならうちに言ってくださいね……ちゃんとお相手しますよ……？」

「だから、違うんだ！」

俺はハウスの管理をしてもらう奴隷が必要な事を、クルダに一から説明した。

「あっ、そういう事ですね……あははは、うち誤解しちゃいました」

納得してくれたようで何よりだ。

「さぁ入るか」

「はい」

俺がクルダを促して店に入ると、店員らしき男が声をかけてきた。

「これは、これは……またケイン様に来ていただけるとは光栄です。今日はどんな奴隷をお探しですか？」

この店員は俺の事を知っているらしい。

そういえば前に一度来た事があったな。

俺は早速希望を伝える。

「そうだな……女が良いかな」

俺の言葉にクルダがぎょっとしていたが、説明するのも面倒だしもう無視しておこう。

「女ですか？　そういう事なら、とびっきり美人の性処理奴隷がおりますよ！」

こいつもクルダと同じ勘違い（かんちがい）をしているのか……

俺は仕方なく説明する。

「違う、違う……家事奴隷が欲しいんだ！　大体そういうのが欲しいなら女性同伴で来るわけないだろ」

「ふむ、そうでしたか。ですが、今は家事奴隷がちょうどいないんです。先日貴族の方がまとめて買っていかれまして」

なるほど、少しタイミングが悪かったか。

「そうか、まあ家事ができれば良いから、人族で年齢が高い人から見せて……」

「はい、わたしは料理とか掃除が得意ですよ！　二十七歳です」

俺が店員に伝え終わる前に、店の奥の方から声が聞こえてきた。

店員が怒鳴（どな）りつける。

「お前は黙っていろ！　誰も買わねーよ！」

「わたしだってここから出たいんです！」

店員の怒鳴り声に負けじと、その女性の声も大きくなる。

俺は気になって店員に尋ねる。

「あの、その人……自分から売り込んできたんだし、見せてもらえませんか？」

「いや、見ても良いですが……気を悪くしないでくださいよ」

俺達は声の主の女性が収容されている檻の前に来た。

その女性は髪の毛が黒くて黒目、可愛らしい顔つきをしていた。

「ねっ、ケイン様。見るだけ無駄だったでしょう？」

「これは……ケイン」

店員とクルダが俺の方を見てくる。

しかし、俺には何が無駄なのかわからない。

確かにこの世界の寿命は約五十歳だから、二十七歳はもうおばさんだ。

だが、その他に特筆すべき問題はないように思える。

「まさか、犯罪奴隷なのか？」

気になって聞いてみると、店員は首を横に振った。

「貧乏農家の嫁でしたが、子供も産めないからと売られてきたんです。どうしてもお金にしたいという事だったので〝なんでもあり〟という条件で私が買いました」

「それだけ？」

「だって、黒目、黒髪の女ですよ……」

店員の言葉に俺は少しむっとして言う。

「俺だって黒目で黒髪だ」

すると店員は半ば呆れたように説明した。

「はぁ～良いですか？　男の黒髪はカラス髪、女の黒髪は闇髪と言うんです。男の黒髪はカラスのように艶やかだと評価される一方、女の黒髪は闇みたいで好まれない。当たり前じゃないですか」

そんな事は初めて聞いた。俺はクルダの方を見る。

「そうなのか？　クルダ」

「ええ……男の黒髪はいいけど、女の場合は最悪です……常識ですよ」

俺がこの世界に来てかなりの年月が経っているが、ずっと旅をしていた事もあってまともに物を知らない。

だから他の皆から見れば最悪なこの女性も、俺の目には素敵なお姉さんとしか映らない。

俺は店員に確認する。

「ちなみに買うとしたらいくらだ？」

「本当に買うんですか……銀貨一枚です」

異常に安いな。

理由を聞いてみると――

「誰も買わないような奴隷ですよ！　ただでさえ黒髪だから価値は低い。二十七歳だから女としても価値はない！　お店に置いているのは、なんでもありの奴隷が安く買えるという宣伝のためですよ」

俺はクルダをちらと見やる。

彼女は俺が買いたいならと、頷いてくれた。

「じゃあ、この人を購入しようかな？」

「嘘、本当に買ってくれるんですか!?」

驚きの声を上げたのは、売り込んできた女性の奴隷本人だった。

店員も驚きと呆れを隠そうともせずに、手続きの説明をする。

「奴隷は銀貨一枚ですが、奴隷紋(どれいもん)に銀貨四枚かかるので合計銀貨五枚になります」

「構わない」

そうして俺は銀貨五枚を支払い、その女性の奴隷に奴隷紋を刻んでもらった。

「これで、こいつはケイン様に逆(さか)らえません。逆らえば激痛が走りますから」

奴隷紋についての説明を聞き終えると、俺達は奴隷商を出た。

そういえば、自己紹介をしてなかったな。

「俺はケイン、こっちがクルダだ。君の名前を教えてくれるかな？」

女性は頭を下げて名乗った。

「はい、シエスタと申します」

こうして家事の不安は奴隷を購入する事で解消された。


奴隷商を後にした俺達は服屋に来ていた。

シエスタがあまりにも酷い服装なので、着替えを買ってあげようと思ったのだ。

ここで俺が服を選んであげられれば格好良かったかもしれないが、残念ながら俺にはそのセンスがない。

「シエスタ、好きな服を選んで買ってくれ。俺はこういうのに疎い。後は生活に必要な物も揃えてくれ」

「あの……ケイン様、わたしは奴隷ですよ？　本当に良いんですか？」

不安そうにこちらを見上げてくるシエスタ。

俺は頷いた。

「気にしないでいいぞ。そうだ、クルダが見てあげてくれないか？」

「はい、わかりました！」

クルダは元気にシエスタの服を選び始める。

しかし、よく見るとクルダの服もあまり良い物ではないな……

俺はクルダに尋ねる。

「おい、クルダ。この前金貨二十枚も渡したのに、なんで服を買ってないんだ？」

「実を言うと、うちもおしゃれとは無縁(むえん)で……」

クルダは申し訳なさそうに言った。

俺はそれならと、店員を呼んだ。

「すみません、彼女達に似合いそうな服をそれぞれ五着くらいと、女の子が普段から必要な物一式を選んでもらえませんか？」

「わかりました、お任せください！」

二人に選ばせるといつまで経っても決まりそうにないからな。

ややあって店員が選んでくれた商品をまとめて購入する。

早速買った服をシエスタに着てもらった。

今まで奴隷商で閉じ込められていたから、まだ清潔(せいけつ)感はちょっと足りない。

それでもかなりましになった。

これで、飯屋に入る分には問題ないだろう。

「あの……こんなに洋服買ってもらって良かったのですか？」

シエスタはまた不安そうに聞いてくる。

「気にしないで良いよ。それじゃお腹も空いたし、飯でも食うか……クルダも一緒にどうだ」

「お供します！　後、うちの服まで買っていただきありがとうございます」

俺は笑って頷くと、二人を連れて服屋を出た。


俺達は近くにある、ちょっと高級な飯屋のテラス席についた。

そこでクルダとシエスタの椅子を引いてあげたのだが……

「どうした、座らないのか？」

シエスタに尋ねると、彼女は恐る恐る聞いてくる。

「あの……ケイン様、わたしは奴隷ですよ？」

確かに主人によっては奴隷を座らせない者もいる。

この店でもそういう奴がいるが……

「俺は気にしないから座ろう」

「……はい」

心なしか嬉しそうにシエスタは席についた。

俺はこほんと咳ばらいをして、改めて宣言する。

「いいか、俺達が目指すのは、全員が楽しく暮らすパーティだ！　ポーターだから、奴隷だからって言うのはもうやめてくれ」

「あのですね……うちはそういう贅沢に慣れてなくて……」

クルダの言葉を遮って、俺は言う。

「それでもだ。すぐには無理かもしれないけど、君はSランクの俺のパーティメンバーだ。おしゃれをして贅沢をしても誰も文句言わない。俺のためにも人生を楽しめ」

「ケインのため、ですか？」

「ああ。メンバーのクルダが楽しくなさそうだと、俺も楽しくないからな！」

これだけは胸を張って言える。

クルダも納得してくれたようだった。

「そうですね……はい、わかりました」

「よし、話はおしまい！　今日は俺が奢るから美味しい物を食べよう！　クルダもシエスタも好きな物を頼んでくれ」

「「はい！」」

返事は良かったものの、彼女達はなかなかメニューを決められなかった。

結局は……

「すみません、ミノタウロスのステーキ三つ……これでいいか？」

「「はい」」

彼女達が贅沢に慣れるのはまだまだ先になりそうだ。


飯を食べ終わった後、俺達はシエスタの家具を注文して解散しようとしていた。

別れ際、シエスタが尋ねてくる。

「そういえば、ケイン様は今どこに住んでいらっしゃるのですか？」

「今はパーティハウスにいるけど……シエスタが泊まれる環境じゃないし、今日は宿屋にしようかな」

シエスタの家具は注文したばかりなので、ハウスに彼女の寝る場所がないのだ。

「わたしの事なら気になさらないでください。藁の上で寝ていた事もありましたから」

「藁？」

「はい、農村での暮らしなんてそんなものです。ベッドがあるのは裕福な家ですね」

なんとも悲しい話を聞いてしまった。

「……それなら寝具を買ってハウスに帰ろう。それで良いか」

「はい、十分です！」

するとクルダがはい、と元気よく手を挙げた。

「ちょっと待ってケイン！　それならうちも行きたいです。ポーターも野営が多いから、地べたに寝るのも慣れていますし」

「わかった。でも、部屋の割り振りは皆が揃ってから決めるからな」

「はい！」

そうして俺達は三人でハウスに向かって歩き始める。

道すがら、シエスタが尋ねてきた。

「あの……そういえばさっき家具を買っていただきましたが、置ける部屋があるんでしょうか？」

俺は頷いて答える。

「もちろん、シエスタの部屋もあるよ」

「っ！　ありがとうございます！」

その後、シエスタとクルダの寝具を買って、そのままハウスに帰ってきた。

いったん部屋に荷物を置いて集まる。

「シエスタとクルダは奥のお風呂を使うと良いよ。そっちの方が大きいからね。男は俺一人だから手前の小さい方を使うよ」

「お風呂まであるんですか!?」

シエスタはとても驚いたようだ。

確かにこの世界で風呂は贅沢だからな。

多くの人は水浴びで済ませてしまう。

「ここは温泉が引かれているらしいから、お湯は使いたい放題だ。シャボンも洗髪料もあるし遠慮せず使って」

「「はい」」

風呂に向かう二人を見送って、俺は一息ついた。


「上がりました～」

「お先にいただきました」

クルダとシエスタが戻ってきた。

俺は二人に飲み物の入ったコップを差し出す。

「冷たい物を用意しておいたよ。後シエスタ、これ」

シエスタは首を傾げる。

「これはなんでしょう？」

「財布だよ。金貨五枚入っている。さすがにシエスタは一緒に冒険するわけじゃないから同じ金額は渡せないけど……好きに使って」

「あの、こんな大金もらえません。わたしは奴隷ですよ！」

そんなシエスタの言葉を俺は笑って受け流す。

「気にしない、気にしない。そうだな……シエスタには月に金貨十枚支給するつもりだから、屋敷の掃除や雑用を頑張ってね」

「あのですね……何度でも言いますが、奴隷なんですよ、わたしは」

「俺はそうは思っていない。確かにお金を出して君を買ったけど、今はもう仲間だ。そう思っている。だから気にしないで良いんだ」

「……わかりました」

シエスタは渋々ながら納得したようだ。

その後、次々にやってくる家具の設置などに追われて、俺達は慌ただしく過ごしたのだった。

なぜか俺は今、このシュベルター王国の国王アレフド四世の前にいる。

というのも、朝起きてしばらくするとドアを叩く音がしたのだ。

「ケイン殿、申し訳ないが王城まで来ていただけないだろうか？」

外には王家が使用する来賓用の馬車が待っていた。

「来ていただけないだろうか」と言っているが、実質は強制だ。

「支度をしますから、少しお待ちください」

俺はクルダとシエスタに後を頼んで、出かけた。

二人ともかなり驚いていたなあ……

一応、俺は勇者パーティに所属していたので、国王と何回か話した事はある。

と言っても、勇者、聖女、賢者、剣聖のついでの挨拶程度だったが。

今回は来賓仕様の馬車で迎えに来ているのだから、悪い話ではないだろう。

とまあ、こんな具合で王様の前に連れてこられたわけである。

「久しいな、英雄ケイン」

この英雄という呼び名はいつまでも慣れない。

俺のジョブは魔法戦士だが、勇者パーティにいたせいか英雄と呼ばれる事が多いのだ。

「お久しぶりです、アレフド四世様」

「あまり堅苦しくしなくて良いぞ！　リヒト率いる勇者パーティを抜けたそうだな。それで今後どうするのか気になっただけだ」

この国王はそんな事で俺を呼び出したのかと呆れてしまったが、俺は素直に答える。

「私は今まで、勇者パーティで旅に次ぐ旅という生活をしてきました。ですので、今後は落ち着いた生活をするつもりです。ここ王都を拠点にして冒険者をしようかと」

「それはここ王都にいてくれる、そういう事で良いのだな？」

「少なくとも今はそのつもりです」

俺の返答に満足したのか、王はふうと息を吐いた。

「それは助かる……今まで大儀であったな。少ないが、王家から今までの謝礼として金貨三千枚を授ける。これを生活の足しにすれば良い」

「ありがたくちょうだいいたします」

「後はこれをやろう」

国王はそう言って一枚のカードを取り出した。

俺はそれを受け取る。

「これは一体なんでしょうか？」

「特別なカードだ。それを出せばいつでも余に会えるし、貴族に見せれば余の知り合いとわかる」

「よろしいのでしょうか？」

「構わぬよ……それでは、王都での活躍、余は楽しみにしておるぞ」

国王はそう言うと、俺を下がらせた。

シュベルター国王アレフド四世はほくそ笑んでいた。

「勇者リヒトはよくケインを手放してくれたものだ。礼を言うぞ……これでこの国は安泰だ」

この国、シュベルターは勇者輩出国である。

それはとても名誉ある事だ。

だが、あくまで名誉であって、実利はない。

確かに勇者パーティが集めてくる貴重な素材は重宝するが、それは微々たるものだ。

国への貢献度は非常に低い。

ただ〝世界平和のために戦う勇者達を支援している〟というだけ。

もし、国が危機に陥っても、勇者が魔族と戦っていたら呼び戻せない。

一方、ケインは勇者に比べれば実力は劣るが、それでもSランクであり、この国を拠点にしてくれるという。

それはすなわち、困った時にはいつでも助力が得られるという事。

遠征ばかりして国にいない勇者よりよっぽど頼りになる。

だからこそ、ケインを優遇する。

彼がいれば、ある程度の問題には対処してもらえるのだから……

「しかし、あの勇者パーティは大丈夫なのか」

国王は頭を抱える。

ケインが抜けた勇者パーティはどうなっているのだろう？

国に実利はないとはいえ、支援している以上簡単に倒れられても困るのだ。

「王よ。よろしければ探らせましょうか？」

側近の男が提案した。

「うむ、ケインのような貴重な戦力を追放するなど問題の多いパーティだからな……誰かに様子を見に行かせてくれ」

「かしこまりました」

「まあこれが我が国内だったから問題はないが、もしケイン殿が他国に渡っていたらと思うとぞっとするぞ……」

国王は大きく息を吐いた。

その頃、リヒト達勇者パーティには小さな問題がいくつも起きていた。

「俺達のカードから金がなくなっている。どういう事だ！」

ギルドの受付で声を荒らげるリヒト。

ギルドは冒険者から金を預かる業務を行っているのだが、リヒト達勇者パーティの口座の残高がゼロになっていると言う。

受付嬢は狼狽するばかりだ。

「……リヒト様、使ってしまえばお金はなくなるものです！」

「俺達の軍資金は王国が出してくれている。いつもまとまった金が入ってきているので、なくなるはずはない。調べてくれ」

「そうですか……勇者様が言うなら調べてみますね……あらっ」

何かに気付いた様子の受付嬢に、リヒトは詰め寄った。

「どうした！　やっぱり間違いだろう！」

しかし受付嬢から返ってきたのは予想外の答えだった。

「王国からの送金はここしばらくないようですよ……これはギルドではなく王国の問題です。王国に聞いてみてください」

「……わかった。だったら、通信用のオーブを貸してくれ！」

リヒトは受付嬢からひったくるようにして通信用のオーブという魔道具を受け取る。

王国の窓口にかけると、すぐに連絡係の男が出た。

「どうかなされましたか、リヒト殿！　緊急事態ですか！」

「国王様に伝えてくれ。俺達のギルド口座に金がないんだ……」

「それなら、財務の者に聞いてみますので、しばらくお待ちください」

「本当に困っているんだ！　至急頼む！」

「わかりました……すぐに調べさせます」

ややあって男が通話口に戻ってきた。

彼は事情を説明する。

「理由がわかりました。どうやら、活動報告書と支援依頼書が届いていないようです」

リヒトはわけがわからず聞き返す。

「なんだそれは？　初めて聞くぞ！　誰か聞いた事はあるか？」

しかし、剣聖のケイト、聖女のソニア、賢者のリタは皆首を横に振った。

リヒトは連絡係の男にその旨を伝える。

「誰も聞いた事がないのだが……それと送金されない件は何か関係あるのか？」

「大ありですよ。簡単に言いますと、支援依頼書とは〝これをするためにお金がかかるから、このくらいの金額を支援してください〟と国にお願いする、そういう書類です。提出しないとお金を送れるわけがありません」

「いや、今まで俺達はそんな物を書いた記憶がない。間違いだろう！」

連絡係の男はなおもいぶかしげな様子。

「おかしいですね……少し前まではしっかりと提出されていたようですよ。いずれにしても、これなくしてお金は受け取れません」

「そこをどうにかしてもらえないだろうか？」

なおも食い下がる勇者に連絡係の男はため息をついた。

「わかりました。今回はどうにかしますから……次からは確実にお願いしますね！　ちょっとギルドの人に代わってください」

そうして、リヒト達はなんとかお金を受け取り、ギルドを後にした。

「さっき言っていた書類、誰か書いた事ある奴いるか」

リヒトは改めてパーティメンバーに尋ねた。

だが、三人は首を横に振る。

「だったら悪いが、これからはリタがやってくれ」

リヒトが頼むと、リタは嫌そうな顔をした。

「私が？　なんで？　それに書き方も知らないよ」

「賢者じゃないか？　この中で一番賢いのはリタだろう……お願いする」

「わかったよ……リヒトに頼まれたら仕方ないな」

リヒトはほっとすると、どっと疲れを感じた。

「久しぶりに町に入った途端これだ……もう疲れた。飯食って休もう」

「そうだな」

ケイトが同意する。

他の二人も賛成のようだ。

「そうね、久々にベッドで休めるわ」

「ここのところ、野営ばかりだったから……お風呂がある宿が良い」

四人は久々にちゃんとした料理を店で食べ、それから宿屋を探した。

だが――

「すみません、もう塞がっています」

「もう埋まっちゃって申し訳ない……」

「あるにはありますが……うちは高級宿屋だから、一人銀貨八枚だけど大丈夫かい？」

先ほど金を受け取ったとはいえ、資金が潤沢というわけではない。リヒト達は、結局野宿するはめに。

「嘘、どこも空いていないの」

「今日に限ってなんで」

「野宿しかないのね」

ケイト、ソニア、リタはそれぞれ不満そうに呟いた。

ケインが抜けてから小さな綻びが出てきている。

雑用は今までケインがこなしていたのだ。

活動報告書と支援依頼書も彼が書いて、ギルド経由で送っていた。

だからこそ資金がなくなる事なく、常にお金があった。

宿屋はあっという間に埋まってしまうから、町に入ったらケインがすぐに確保していた。

だからこそ、いつも宿に泊まれていた。

小さな綻びは少しずつ全員の心を蝕んでいく……

俺、ケインは国王からもらったお金を預けるために、ギルドに顔を出した。

皆にも分けてあげないとな。

勇者パーティを抜けて約一ヵ月、順調に進んでいると思う。

勇者パーティではおまけだった俺が、国王と繋がりができたのは良い事だ。

「預金と振り込みをお願いしたい。奴隷の登録もお願いできるか」

俺は受付嬢に用件を伝えた。

本来奴隷の登録は本人を連れてこなければならないが、多少の無理は聞いてもらえるだろう。

案の定、受付嬢はにこやかに対応してくれた。

「ああ、シエスタさんですね。構いませんよ。一応、彼女の冒険者証を作ります。その方が便利ですし」

早いな……もう話が広まっているのか。

俺は受付嬢の言う通り、手続きを済ませる。

さて、今回の分け前だが、これは依頼で得たお金じゃないから、シエスタに支給しても問題ないだろう。

残った細かいお金はパーティに入れるとしよう。

「じゃあ、後はよろしく頼む」

俺は受付嬢にそう言ってハウスへと戻った。


「ふぅ……疲れた」

「お帰りなさいませ、ケイン様」

ハウスに着くと、シエスタが迎えてくれた。

凄く和(なご)むな……俺は前世が日本人だったせいか、シエスタの黒目黒髪を見ると安心する。

この世界で女性の黒髪は嫌われているらしいが……俺には眼福(がんぷく)だ。

「ただいま。これ、シエスタの冒険者証だ」

そう言って俺は、もらってきたカードをシエスタに渡した。

「わたしの冒険者証ですか……へぇ、初めて見ました」

するとクルダが駆け寄ってきて、シエスタに抱きついた。

「これでシエスタも冒険者ですね！」

「ありがとうございます、クルダさん」

シエスタは本当に嬉しそうだ。

クルダはシエスタの冒険者証を見て呟く。

「懐かしいですね……Fランクの冒険者証。皆そこからスタートなんですよね……一つ階級が上がるだけで嬉しくて、皆さらに上を目指すんです」

「そう、なんですか？」

「シエスタの場合はお金を預ける関係で作っただけだから気にするな」

俺がシエスタに言うと、彼女は少し寂しそうに顔をうつむけた。

「そうですよね……」

うーん……シエスタも冒険者らしい事がしたいのだろうか？

「シエスタも冒険者になったし、狩りに行ってみるか？　クルダも一緒にさ」

俺はそう提案してみる。

クルダも即座に乗ってくれた。

「良いですね！　体がなまっちゃうから、行きましょう！」

「シエスタも見ているだけで良いから行こう！」

シエスタはぱっと顔を上げて、明るい表情で返事をした。

「はい！」

その翌日——狩りには朝から出発した。
「今日は三人しかいないし、シエスタもいるから弱い魔物を狙おう」
「そうですね……ケインはともかく、うちやシエスタは何もできませんからね」
俺は頷いて、二人を連れ心当たりの場所に向かった。

少しして目的地に到着する。

すると、クルダが俺の方を見てなぜか呆れたように言う。

「ケイン……ここ、オーガの集落なんですが」

「そうだよ？　ほら、さすがにワイバーンじゃ危ないから、ここに来たんだ。オーガなら弱いし、余裕で狩れるからね」

「それはケインだけです！　うちやシエスタならオーガの一撃で消し飛びますよ！」

そうか？　まあ、でも大丈夫だろう。

俺はクルダにあるアイテムを見せた。

「ほら、ちゃんと持ってきたよ、結界石(けっかいせき)」

これを使えば、魔法の障壁で二人とも守る事ができる。

「それ、金貨五枚しますよね」

「オーガ一体金貨八枚だから安いもんだよ。結界を張るから、ここから出ないでね。それじゃあ行ってくる」

そうして俺はオーガの集落を急襲して、次から次へと狩っていく。

「クルダ様……あれ一体で普通は村が滅(ほろ)びるんですよ……悪い事するとオーガが出ると言われているくらいです、わたしの村では」

「普通そうだよ！　たぶんAランクのアイシャやアリスだって、あれ一体狩るのに苦戦すると思う……ケインが凄いだけだから……あれが普通なんて思っちゃ駄目だからね！」

シエスタとクルダが何か話しているようだが、聞かなかった事にしよう。

そう思った時、クルダが叫んだ。

「ケイン危ない！　オーガキングです」

おっ、ちょっと強い奴だ……

「それ！」

目の前に現れた、オーガよりも少しばかり図体のでかいオーガキングを切り倒すと、俺は二人のもとに戻った。

「ふう、終わった。ほら、シエスタ、冒険者はこんな感じの仕事だ」

シエスタはぱちぱちと手を叩いている。

「凄いですね、ケイン様。とても格好良かったです」

「ありがとう」

その後、倒したオーガをクルダに片っ端から収納してもらって、俺達はギルドに向かった。

到着すると、早速受付嬢に報告する。

「三人で討伐してきました……ほら、クルダ全部出して」

「はい」

三人という言葉にクルダもシエスタも首を傾げたが、俺は無視してさらに言う。

「二人も冒険者証を出して」

「「はい」」

三人分の冒険者証を受付嬢に渡して、手続きをしてもらう。

すると――

「おめでとうございます、クルダさん！　飛び級でAランクです。シエスタさんも飛び級でBランク！」

俺は笑いをかみ殺すのに必死だった。

今日、二人を狩りに連れ出したのは、このためでもあったのだ。

冒険者ランクを上げるためには自力で討伐をこなす他にも、パーティとしての実績を重ねるという方法がある。

普通にランク上げするより上がりにくいのが難だが、今回はオーガを大量に狩るという他にはなかなかない実績を上げたので二人は一気に昇格したのだ。

前回のワイバーン討伐も加味されているだろう。

俺はなんとか平静を装って、シエスタとクルダに祝いの言葉をかける。

「二人ともおめでとう」

「ありがとうございます？」

「ありがとう……ございます」

たぶんクルダもシエスタも状況を理解してないいんだろうな……

まあ、そんな事は後で説明すればいい。

「さぁ、オーガの素材の査定も終わったし、今回の報酬を分配しようか。面倒くさいから査定金額をパーティメンバー全員で割って振り込むよ。今回はシエスタも来たんだから分配して良いよね」

「もちろんですよ」

クルダはこくりと頷いた。

「わたしは奴隷なので……」

「これはうちのパーティの取り決めだから遠慮は駄目」

俺はそう言って再び受付で手続きをした。

その際――

「そういえば、パーティ名の登録をお忘れですよ」

受付嬢に言われ、俺ははっとする。

「そうか、忘れていたよ……クルダ、何か良いのある？」

クルダに尋ねると、彼女は首を横に振った。

「パーティの名前を決めるのはリーダーの仕事です」

うーん……そうか。それなら――

「なら〝自由の翼〟で登録してください」

その場で思いついた名前を、受付嬢に伝えた。

「良い名前ですね」

満足そうに頷くクルダ。

「俺達に相応（ふさわ）しいだろう？」

適当につけたわりに、俺も気に入っていた。

俺達はギルドを出て、ハウスに帰ってきた。

自分の部屋でゆっくりしていると、可愛らしいパジャマを着たクルダがやってくる。

「ケイン、ちょっとお話があるのですが良いでしょうか？」

「別に構わないけど？　どうしたの？」

クルダは意を決したように口を開く。

「どうしても聞きたい事があります！」

「なんでも答えるよ」

「ケインはうちに何を望むのでしょうか？」

俺はいつも通りの答えを口にする。

「最初に言っただろ。皆で楽しく幸せに暮らす事だよ」

「それはわかりました。それじゃ違う聞き方をしますね。ケインはうちに、何をしてほしいんですかね？」

ううん……なんと答えたらいいものやら。

クルダはさらに詰め寄ってくる。

「してほしい事があるなら言ってください……命を差し上げる以外ならなんでもしますよ！」

「と言われても……」

「今がチャンスです！　女の子がなんでもするって言っているんですよ！　押し倒しても問題なしです！」

「それじゃ言うけど……死ぬまで一緒にいてくれ」

俺は嘘偽りない願いを口にした。

クルダは慌てたように確認してくる。

「ケイン、それはうちをお嫁さんにしたい……そういう事ですか？」

「違うよ」

きっぱりと否定すると、クルダはいささかがっかりしたようだ。

「えっ違うのですか？　じゃあ、どういう意味でしょうか？」

「仕方ない、クルダには正直に言うよ……俺は頭がおかしいんだ」

「別におかしいとは思いませんが……というかなんの話ですか」

俺は順を追って説明する。

「俺は勇者パーティだっただろう？　幼なじみが四職——つまり勇者、剣聖、聖女、賢者だとわかる前から、一緒に過ごしてきた」

相槌を打つクルダ。俺は続ける。

「普通なら友達と遊んだりしながら過ごす時期に、ただただ魔族を討伐するための訓練をして生きてきた」

「……大変だったのですね」

「まあね……それがついこの前まで続いていた。実は自分が凄くお金を稼げる人間なんだと知ったのは、最近だ」

「でもケインは四職じゃなかったのでしょう？　普通に暮らせたのではないですか？」

クルダの言葉に、俺は首を横に振った。

「流されやすい性格だったからな。それに幼なじみで親友だった勇者のリヒトを裏切れなかった。そうして今まで戦うだけの日々だ。周りにいるのは、俺以上に世の中を知らない四人だけ。俺にはそれしかなかった」

再びクルダが尋ねてくる。

「それは、どういう事ですか？」

「俺はちゃんとした人の愛し方も知らない。例えば、クルダがどうしたら喜ぶのか？　そんな事も良くわからないんだ」

クルダは黙って聞いてくれている。

「五人だけの世界にいたから、世の中がわからないんだよ。しかもパーティの仲間だった三人がリヒトと付き合ってからは、俺は孤独になった」

だから今度こそ離れない仲間が欲しいのだと、俺はクルダに告げる。

彼女は優しく笑ってくれた。

「わかりました。だからケインは死ぬまでうちに一緒にいてほしいんですね」

「まあね……でも、そんなのは無理……」

「それなら、死ぬまでうちは一緒にいます」

クルダははっきりと俺に言った。

「本当に……？」

「はい。でも、世間知らずなケインに一言言わせてもらって良いですか？」

「もちろん」

「冒険者の女にとって一番必要なのは強い男です。次いで甲斐性のある男です」

クルダは言葉を継ぐ。

「可愛げのない言い方ですみません。でも、ケインみたいな強い人間と違って、うち達はいつ死ぬか、いつ転落して奴隷になるか、いつ病気になって終わるか、そんな事に怯（おび）えながら暮らしているんです。他の仕事は違うかもしれません。貴族や村娘なら違うかもしれません。ですが、冒険者の女に限るならそんなもんです」

転落して娼婦になる女冒険者はたくさんいるし、魔物に犯される者もいる。

それくらいは俺でも知っている事だ。

だから、とクルダは続ける。

「女冒険者は〝強い事〟〝稼げる事〟、この二つを満たしてなければ、どんなにいい男でも付き合いません。逆にこの二つを満たしていれば、不細工でも我慢して結婚するかもしれません。この二つを満たして初めて〝外見の良さ〟〝優しさ〟などの条件に目がいくのです」

「そうなのか……」

「良いですか？　うちもそうですが、アイシャやアリス、メルルも全員女で冒険者です。そんな人間にケインは〝死ぬまで一緒にいて〟と望むんですからね。もううちは離れません！　絶対に離れません！　ケインが言ったんだから責任取ってくださいね！　その代わりうちは、ケインが望むなら恋人にでも奥さんにでもなりますからね」

恐らくこれはクルダなりの気遣いなのだろうな。

俺は笑って頷いた。

「わかったよ、クルダ」

「それじゃ今日は……そうですね、添い寝でもしましょうか？　こういう事も経験ないでしょう？」

「いや、野営の時には凍えるから皆で抱き合って寝てた」

「全く違うのに……はぁ、出直します」

そう言ってクルダは出ていってしまった。

少し温かい気持ちになった俺は、そのまま毛布にくるまった。

それから数日後――

「ちょっと出かけてくる！」

俺はハウスにいるシエスタとクルダに聞こえるよう声をかけた。

シエスタとクルダがそれぞれの部屋から顔を出し、尋ねてくる。

「どこに行かれるのですか？」

「ケイン、うちもついていって良いですか？」

「別に良いけど……オークマンと飲むだけだよ？」

俺が答えると、クルダはうへぇといった表情になる。

「あっそれじゃうちはパスで……シエスタも行かない方が良いよ！」

「それじゃわたしも遠慮します……」

クルダにはオークマンの事を話したんだったか。

オークマン凄く良い奴なのに……

彼は身長二メートル以上の大男で、ある意味俺の恩人である。


待ち合わせ場所であるギルドの酒場に着くと、オークマンが手を挙げて声をかけてきた。

「よう！　ケインの兄貴」

兄貴と呼ばれると凄く違和感がある。

オークマンの顔はどう見ても三十過ぎの親父だからだ。だが、驚くなかれ、こいつの本当の年齢は十五歳だ。ちなみにこの世界では十五歳でも飲酒を許可されている。

あだ名の由来は太っている事。

当人が気に入っているから良いけど、結構酷いと思う。

「オークマン、久しぶり！　元気にしてたか？」

「俺はいつでも元気だぜ！　がはははっ……夜の方もビンビンだぜ！」

相変わらず下品な奴だ……

だが、俺はこいつに救われた。

オークマンがいなかったら、俺は勇者パーティを追放された時に心が折れていたかもしれないのだ。

勇者パーティへの不満が募り始めていた頃、ギルドで腐って酒を飲んでいた俺に声をかけてくれたのがオークマンだった。

たまに俺が王都に帰ってくると一緒に酒を飲む、奇妙な友人関係。

それだけでなく、彼は俺が知らない色々なところに連れていってくれた。

奴隷商にもこいつに連れていかれたのだ。

「モテなければ最悪ここで女を買えば良いさ。エルフ以外なら、すぐに愛してくれるようになる」

そんな事を言うオークマンに俺は理由を尋ねた事がある。

「なんでだ？」

「金でここに売られてくるような奴だぜ、苦労している奴ばかりだ。ちゃんと普通の生活を送らせてやればそれだけで、本当に愛してもらえる」

まあ、結局その時は奴隷を買わず、パーティでの活動に専念する事を選んだわけだが……まさか向こうから追放されるとは思わなかった。

「どうした、ケインの兄貴。勇者パーティを辞めて新パーティ作ったんだろう？」

オークマンの言葉で現実に引き戻される。

俺は頷いた。

「まあな、まだ本格的な活動はこれからだけど。これもお前のおかげだよ」

「がははは、俺は何もしてないぜ」

その後も思い出話に花を咲かせながら、俺達は酒を酌み交わした。

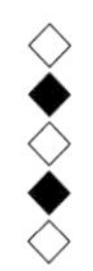

ううっ、頭が痛い……

オークマンと飲んだ翌日。

ハウスに戻った俺は自室で毛布にくるまっていた。

パーティを離れてから親友と言えるのはオークマンしかいないとはいえ、さすがに羽目を外して飲みすぎた。

オークマンの尊敬できるところは、あれだけがっつり飲むのは週に一回だけで、後はたくさんいる妻や子供達への家族サービスに徹している事だ。

たぶんその週一回だって、俺を心配して誘ってくれているのだろう。

本当のお人好しだよ。

俺の方が年上だから奴は俺の事を〝兄貴〟と呼ぶが、俺からしたら奴の方が兄貴だ。

俺は奴のようになりたい。

そのためには皆が笑って暮らす資金が必要だ。

そして奴のような大きな心も必要だ。

しかし、今は完全に二日酔い（ふつかよい）……気持ち悪い。

「ケイン様、お水をお持ちしました」

「ううっ、シエスタありがとう」

「どういたしまして。しかし昨日はずいぶんご機嫌でしたね！」

シエスタの言うように、確かに昨日の俺は気分が良かった。

「ああ、オークマンと酒を飲むのは凄く楽しいんだ」

「わたし、こう見えてもお酒強いんです！　良かったら今度付き合ってくださいね！」

「良いね……それじゃ早速今夜の食事の時にでも一緒に飲もうか？」

「はい」

この世界は寿命が短いから、二十七歳じゃおばさんなんて言うけど、こう見るとシエスタは十分可愛い。

前の世界じゃ、普通に綺麗なお姉さんじゃないか。

秋葉原のメイドさんに交じっていても、一番になるような気がする。

「どうかされましたか？　そんなにわたしを見つめて」

「いや、シエスタって綺麗だなって思って」

俺が素直に言うと、彼女は顔を赤らめた。

「いやですわ、ケイン様。こんなおばさん掴まえて……」

「いや、俺はそうは思わないな……」

「そうですか？　ありがとうございます！　それじゃ、ゆっくり休んでくださいね」

「ありがとう」

そう言って俺は目を閉じた。


ドンドンドン……

扉を叩く音に目を覚ました。うるさいな、誰だ。

ドンドンドン……

そういえば、クルダもシエスタも買い物に出かけると言っていたな。仕方ない、俺が出よう。

しかし誰だ？　このハウスに来そうな人は思いつかないな。

そんな事を考えながら玄関のドアを開けると――

「アイシャじゃないか、どうしたんだ？」

そこにいたのはパーティメンバーの金髪お姉さん、アイシャだった。

「どうしたもこうしたもない！　私のギルド口座に金貨が大量に入金されていたんだ。驚きもするだろう」

なんだ、そんな事か……

「それは国王からこれまでの働きに対する謝礼をもらったのと、この間オーガを狩ったから、その分配金だよ」

俺は事情を説明するが、アイシャは納得していないようだ。

「私は何もしてないだろう」

「何もしてなくても、うちのパーティはお金を分ける。後、付け加えると、国王が良くしてくれるのは、恐らくこのパーティに王都を離れてほしくないからだ」

そのパーティメンバーなんだから、アイシャにもお金を受け取る権利がある。

「いや、それはパーティじゃなくて、ケインに対しての物じゃ……」

「確かにそうかもしれないが、このお金を受け取ってしまったせいで、俺達は王都から離れて活動しにくくなる。それだけアイシャ達全員に迷惑をかけるんだ。だからお金は皆で分けるのが正しいと思う」

そこまで言ってようやくアイシャも頷いてくれた。

「そういう事ならわかった。だが、参加してない狩りの報酬はもらうわけにはいかない」

「駄目だ、もらってくれ。それがここのルールだ」

「どうしてだ、さすがにおかしいだろう！」

お金をもらえてなぜそんなに怒る事があるのかわからないが、メンバーが納得しないのであれば俺が説得するしかない。

そう考えて、俺は口を開く。

「これは助け合いだよ」

「助け合い？」

「ああ。この先、メンバーの誰かが怪我したり、病気になったりするかもしれないだろう。その時にお金がなかったら困るよな？　そんないざという時のためのシステムだ」

するとアイシャは、ため息をついて尋ねてくる。

「正直に答えてくれ、ケイン。お前は何がしたいんだ」

「俺は皆と死ぬまで楽しく暮らしたい」

「それは、私と死ぬまで一緒にいたい。そう受け取れるのだが？」

まあ、確かにそういう事だ。

「間違ってないよ」

つい先日もこんなやり取りをしたなあと考えていたら、アイシャが真剣な顔でこちらを見ていた。

「そうか。ならば私は、生涯お前のそばにいると誓おう」

アイシャは自身の剣の柄に手を置いて宣言する。

「我が剣はお前を守るためにあり、我が体はお前を守るためにある」

さすがにアイシャも本気ではないだろう。だが、彼女は騎士の誓いを見せてくれた。

俺も誓った方が良いかな。

「じゃあ、俺は生涯アイシャを、お前を害する全ての物から守り抜く事を誓おう」

すると、アイシャの顔が真っ赤に染まる。

「なっなっなっ……なあああっ！　言質取ったからな！　嘘だって言ったら泣くからなぁぁぁぁぁ」

なぜか慌てるアイシャに、俺は笑って言う。

「嘘は言わないよ」

「そそそ……そうか……あははは っ、なんか暑いな。そうだ急用を思い出した……うん、ケインまたな。明日また来る。そろそろ引っ越しの準備もしないといけないしな」

そうしてアイシャは走ってハウスを出ていってしまった。

全く……どうしたんだ、アイシャは？

一生面倒を見て守る気がなければ、パーティなんて組まないだろ。

当たり前の事なのに。


トントントン。またドアを叩く音がする。

せっかく寝ていたのに……

さっきはアイシャが来たから、今度はアリスあたりか？

案の定、玄関にはアリスとメルルの二人がいた。

「ケインちょっと良い？　凄い大金が振り込まれていたんだけど？」

「こんな大金……一体どうしたんですか？」

アリスとメルルが立て続けに聞いてきた。

俺は二人をハウスの中に招き入れる。

「とりあえず、中に入って話そうか？」

「ええ」

「はい」

俺は二人にアイシャにしたのと同じ話をする。

すると――

「王様からお金を？　でも、なんのお金？」

「凄いですね！　王様ともお知り合いだなんて」

アリスは冷静に事情を尋ねてくるが、メルルは国王の方に興味を引かれたみたいだ。

「まあ勇者パーティだったからね。俺が勇者パーティを辞めたから、その慰労金のようなもんだ」

「ケイン、慰労金ならそれはあなた個人の物だわ」

「あたしもそう思います」

やっぱりそうなるか……

俺は再度パーティが王都から離れにくくなる旨を説明した。

アリスはようやく納得したようだ。

「ケインが良いなら受け取るけど……この金額なら私と同等の奴隷が数人買えるわよ」

メルルもうんうんと頷いている。

「あたし程度の奴隷なら十人は買えてしまいます」

「最初に約束した通りだ。お金は平等に分ける。だからこれは受け取ってほしい」

俺はきっぱりと言い切る。

アリスはため息をついて椅子に座り直した。

「はあ……そういう事ならいただくわ。だけど王様からもらったお金以外にも入金されてるわよね？　そっちは？」

「さっきも言っただろ。暇だったから、俺とクルダとシエスタで狩りをした。そのお金だ」

「いや、さすがにそれは受け取れないわ！　私は何もしてないんだから」

声を荒らげるアリスに、メルルも同調する。

「そうですよ、さすがに参加しなかった狩りのお金は受け取れません」

皆お金を受け取るのにアレルギーがあるのだろうか。

「これもさっき、アイシャに言ったんだけど、これは助け合いのためのお金だよ。パーティを存続させるために必要な物だ」

「あなたは私にどれだけの価値を感じているんだか……」

アリスが呟く。これは聞き逃せないな。

「何を言っているんだ、アリス。金貨一億枚だって、君の価値には釣り合わない。もちろんメルルもね」

すると、二人は呆れた表情を浮かべる。

「ケイン、また明日来るわ」

「あたしも」

どうしたんだ、あいつら……仲間に値段なんてつけられるわけないだろう。

一億どころか十億、百億だって人の命とは釣り合わない……当たり前だよな？

ドンドンドン。

アリス達が帰りベッドに入った俺の耳に、また扉を叩く音が飛び込んできた。

今日はずいぶん来客が多いな。

そういえば、さっきアリス達と入れ違いでシエスタが帰ってきていたはず。

彼女が対応してくれるだろうし、俺は寝てて良いよな……

そんな事を考えていると、足音が聞こえてきた。

走っているから何かあったのかな。

そして、シエスタが俺の部屋にやってきた。

「大変です、ケイン様。またお城の使いの方が来ています」

「えっ、お城からの使い？　なんだろう……とりあえず、すぐに準備すると伝えて！」

「はい」

一体どういう事なんだ？

国王からの指名依頼か？

まあどんな理由であろうと、城からの呼び出しを断る事はできない。

手早く準備を済ませた俺は、シエスタに伝言を頼む。

「シエスタ。誰か来たら、俺は王城に行っていると伝えてくれ」

「わかりました」

玄関を出ると、豪華な馬車の迎えだ。しばらく馬車に揺られ、俺は城に向かった。

城へ着くといつもと様子が違っていた。国王以外にも貴族が多数集まっていたのだ。

これは尋常ではない。

まるで、勇者パーティとして国王に初めて会った時のようだ。

「よく来られた、ケイン殿。今日はこのアレフド四世、折り入って頼みがあるのだ。この通り頭を下げる。聞き入れてくれんか？」

まずいぞ……王が玉座から立って頭まで下げた。これでどんな願いでも聞かなくてはならない。

聞かないと「王自ら頭を下げて頼んだのに無下（むげ）にするのか」と、下手をすれば不敬罪（ふけいざい）に問われかねない。

俺はうやうやしく頭（こうべ）を垂（た）れる。

「このケイン、王の願いを必ずや叶えてみせましょう。なんなりとお申しつけください」

「うむ、ならば頼む。近々、勇者パーティから一人王国に戻そうと思っているのだ。その者をケイン殿のパーティに入れてほしい」

　俺は耳を疑った。

「勇者パーティ、ですか……？」

　一体なぜだ？　というか誰が来るんだ。俺が振られたリタだったら凄く気まずいし、聖女ソニアはリヒトの事すら見下すほど性格に難がある。絶対に今のメンバーと揉めるな……

　その点、剣聖ケイトだったら問題ない。俺は子供の頃は彼女と一番仲が良かったし、向こうも憎からず思っているはず。

　そんな俺の願いが通じたのか、国王の口から出たのは希望通りの名前だった。

「うむ、剣聖ケイトを、ケイン殿のパーティに入れてもらいたい。無理な願いなのはわかっておるが、どうか頼む」

　俺は頭を下げたまま返事をする。

「わかりました。謹んでお受けいたします。その代わり、勇者パーティとは揉めないよう取り計らっていただければ」

「うむ、リヒト殿には余から事情を説明する。その約束は必ず守ろう」

「ありがとうございます」

「では、剣聖がこの国に戻ったら連絡する。今日のところは下がって良いぞ」

「はっ」

城を後にすると、俺は別の心配事が頭に浮かぶ。

リヒト率いる勇者パーティは大丈夫なのか？

剣聖であるケイトをこっちに入れるという事は、王国は勇者パーティを見限った？

俺がいた時でも、魔王の討伐は難しいと言われていたのだ。さらに一人抜けたらまずいんじゃ……

とはいえ、今考えたところで何もわからない。ケイトが戻ってから詳しい話を聞いてみるか。

それより、パーティの皆にどう説明するか……そっちが問題だな。

城に呼ばれた翌日――

今日はメンバー全員がパーティハウスに集まっている。

話すには都合が良いな。

「ケイン様、皆様お待ちですよ！」

俺が部屋を出るとシエスタが教えてくれた。

「了解。大事な話があるから、シエスタも同席してくれ」

「わかりました」

そうして二人で応接間に行く。そこには全員が揃っていた。

「ケイン、約束通り来たぞ。他の皆も来ているとは思わなかったが……」

アイシャが皆を見回すと、アリスが口を開く。

「私は来る約束したから来ただけよ」

「そういえば、ケインは昨日も王城に行ってきたんですよね？　また何かあったのですか？」

クルダがちょうど話そうと思っていた事を聞いてくれた。

このタイミングで言うしかないな。

「国王に言われて、新しいメンバーを迎える事になった。事後報告ですまないが断れない」

「ケイン、含みがある言い方だが、何かあるのか？　一体どんなメンバーだ」

アイシャが尋ねてくる。

俺は正直に答えた。

「勇者パーティの剣聖ケイトだ」

「剣聖ケイト様だと……」

やっぱり反感を買うか……と思ったのだが。

「なんという事だ。麗しのケイト様と同じパーティに……はぁ～」

なぜかアイシャがクネクネしている。どうしたんだ？

「あ、あのケイト様が、本当にこのパーティに来てくれるわけ？」

「そうだけど？　どうしたんだ、アリス」

「どうしたんだ、じゃないわ！　あのケイト様よ？　女冒険者なら一度は憧れるわ。特にパーティで前衛を務める者にとっては憧れの方よ！」

「そうなのか、メルル？」

俺はメルルに聞いてみた。

「はい、あたしは勇者パーティだとケイン推しですけど、人気のある方なのは間違いないです」

「うちはポーターなので憧れというほどではないにしろ、素晴らしい方だとは聞いています」

メルルに続いてクルダまで……本当にケイトの事を言っているのかわからなくなる。

今でこそ落ち着いたものの、昔はとてもやんちゃで馬鹿な事を一緒にやったものだ。

それに実を言うと、ケイトは恋愛対象が女である。

幼い頃には、同じ勇者パーティのソニアに告白して冗談だと思われて振られ、海に向かって大声で叫んでいた。

今、アリス達が言っているのが、あの残念なケイトの事だとは思えない。

まあいずれにしろ、ケイトをパーティに入れる事に反対の者はいないようだ。

「それじゃ、皆、賛成で良いか」

「もちろんだ。私はクルセイダーとして彼女から剣技を学びたい」

「最高の女冒険者だし、文句なんてないわ」

「あたしも同じですね」

「うちも問題はありません」

「頑張ってお世話させていただきます」

アイシャ、アリス、メルル、クルダ、シエスタの順に返事をもらった。

良かったな、ケイト。このパーティならお前の〝嫁〟が見つかるかもしれないぞ。

とはいえ、ケイトを受け入れる上で、彼女の真実を伝えないわけにはいかない。

これから長い時間を一緒に過ごす仲間だしな。

「それでそのケイトなんだが、皆に一つ相談がある」

「なんだ？　ケイト様の事ならなんでも言ってくれ」

アイシャはなぜか凄く気合が入っている。

「……実はケイトは、男よりも女が好きだ」

俺は重大な事実としてそれを口にしたつもりだったのだが——

「ケイン、それがどうした？　冒険者ならそういう個性の人もいるだろう」

アイシャの反応は思いのほか普通だった。

「そういうものなのか？」

「女同士で冒険者をやっている者で、そういう関係になっている者は少なくない」

「案外そっちの方が良いなんて人もいるわね！　遠征専門のパーティとかだと妊娠するといけないし」

アリスも頷いている。

俺は混乱してメルルに尋ねる。

「メルル、こいつらが言っている事は本当なのか？」

「ケインは世間知らずですね？　町や農村だと確かに珍しいですが、冒険者や傭兵なら普通にいますね。あたしは違いますけど」

「私も恋愛対象は男性ね。この中でそれっぽいのはアイシャくらいね」

アリスがアイシャに話を振る。

「アリスふざけるな。確かに私は女にモテるが……私はケイト様を尊敬している。それだけだ。同じ剣士としてな。大体、私はケイン……」

「アイシャ、ここにケインがいるんだけど？　その先は言わない方が良いんじゃない」

「あっ……なんでもない」

どうやらここには〝ケイトの嫁〟はいないようだ。残念だったな、ケイトよ。

だけど、事情はわかった。

ここからは実生活の問題だ。

「それなら、風呂はどうする？」

俺が尋ねると、アイシャが提案する。

「まずは様子見だろう。ケイト様は女だから、女用だ。ただし私達にセクハラをするなら、男用を使わせる。そんな感じで良いんじゃないか」

「私もそう思うな」

アリスはアイシャに賛成のようだ。

なんだか最初と違って散々な言われようだ……

ここは俺がフォローしておいてやろう。

「あいつはセクハラはしない。俺が保証するよ。だから女用にしてやってくれ」

「まあケインが言うなら……」

アイシャをはじめ、皆納得してくれたみたいだな。

「とりあえず、こんなところで良いか……明後日はようやく荷物が全部揃うから、皆集まってくれ。

荷物整理が終わった後、パーティの結成祝いでもしよう」

「そうだな……うん、そうしよう」

「良いわね。まだそういうのやってなかったし」

「あたしも良いと思う」

「うちも」

アイシャ、アリス、メルル、クルダが乗ってきてくれた。

シエスタもおずおずと聞いてくる。

「ケイン様、わたしも参加してよろしいでしょうか」

「もちろん」

そうしてその日は解散となった。

その二日後――
今日はお昼過ぎから残りの家具が運ばれてくる。
だが、昨日聞いた同性同士の恋愛についての話がどうしても信じられなかった俺は、実情を探るべく朝からギルドの酒場に来ていた。

酒場とはいうが、実際は日本で言う喫茶店も兼ねている。

パンとミルクと目玉焼きっぽい何かと肉のセットを注文して、ギルドの様子を見ていた。

話を聞いた上で目線を変えて見てみれば……確かにそう見えるパーティもいる。

これが本当にこの世界の常識なのか？

なぜか頭に引っかかる。

何が引っかかっているのかはわからないが……

だけど、それが凄く重要な事のような気がして仕方ない。

まあ良い、誰かに聞いてみよう。

「あの、ちょっと良いかな？」

俺は近くに座っていた女の子二人に声をかけた。なんだかこの人達にはそういう雰囲気が漂(ただよ)っている。

「えっ、ケイン様……？　もしかしてナンパですか？　私達は相手がいるからごめんなさい」

いきなり振られてしまった。俺は慌てて訂正する。

「違うよ、実はちょっと聞きたい事があってね」

「なんだ……時間はあるからいいですよ」

「私も大丈夫です」

俺は二人に銅貨五枚ずつ渡した。冒険者は、何か聞きたい時には金を払う。簡単な話なら大体、銅貨一枚から三枚が相場だ。

「ついでに朝食も奢るから、ちょっと教えてほしい」

「銅貨五枚に朝食付き……さすが、太っ腹ですね。良いですよ、なんでも聞いてください」

「でも、Sランクのケイン様に教える事なんてあるかな？」

そんな事を話している二人に、俺は思いきって尋ねる。

「同性同士の恋愛についてなんだが……」

すると、二人は納得したように頷いた。

「なるほど、それで私達なのですね」

「そういう事なら、うん、大丈夫です」

俺は胸をなでおろし、改めて聞く。

「結構ある事なの？」

「遠征専門には多いですよ。私達も見ての通り、そうだし」

「うん、私達、正式にお付き合いしているもんね」

本当にそうなんだな……しかも堂々としているから当たり前の事なのだろう。

「ごめん、俺はずっと勇者パーティにいたから、あんまり常識がなくて。昨日初めて聞いて驚いたんだ」

俺は正直に事情を説明する。

「そうなんですね。だけど〝ブラックウイング〟も遠征専門ですよね？　まして勇者パーティなんだから、普通の男女交際は禁止じゃないんですか？」

片方の女の子の質問に、俺はそういえばと首を傾げる。

「いや、そんな話はなかったな」

「本当に？　実際のところはわかりませんけど、魔王討伐のために旅ばっかりの暮らしですよね？もし妊娠なんてしたら支障があるんじゃないですか？」

言われてみればその通りだ。

「確かにそうだな」

「そんな状況でもそっち系の噂を聞かなかったから、一部の人はケイン様がリタ様と付き合うまでは、リヒト様の恋人がケイン様だって思っていましたよ」

「それはまじで気持ち悪いからやめてほしい」

俺がリヒトと……いや、ありえない。

もう一人の女の子もうんうんと首を縦に振っている。

「私も聞いた事ありますよ！　だからケイン様は四職でもないのに勇者パーティにいるんだって」

いかん、しっかり否定しなければ。

「それは、本当に違うから」

すると女の子達は笑って信じてくれた。

「はい、それはわかっています。ケイン様はリタ様と付き合っていたし、あっさりパーティから追放されたから」

「そうそう、もしケイン様がリヒト様のそういう人だったら、恋人にそんな事したリヒト様はさすがに酷すぎますからね」

なるほどな……

「話を戻しますけど、遠征専門だと妊娠は基本まずいから、同性で付き合うのは普通にありますよ」

「そうそう、教会はいまだに頭が固いから無理だけど、ギルドで行うギルド婚は同性でも認めてもらえますし、結婚している人も多いです」

俺は納得して、二人に礼を言う。

「そうか、ありがとう。二人はもしかして結婚しているのかな？」

「はい、結婚してます」

「籍だけ入れたから、後は頑張って指輪を買うんです」

指輪か……俺は興味本位で尋ねる。

「ちなみにその指輪っていくらくらいするの？」

「大体、金貨一枚くらいですかね」

「そんなもんです」

それを聞いた俺は黙って金貨一枚をテーブルに置いた。

結婚祝いだし、これくらいならあげても良いだろう。

女の子達はぽかんとしている。

「これ、なんですか？」

「まさかくれる、とか？」

俺は笑って答える。

「うん、結婚祝いにね。うちのパーティは女ばかりだから、今回みたいに聞きづらい事も多い。代わりと言ってはなんだけど、また相談に乗ってくれると助かる」

「ありがとうございます！　さすがケイン様、太っ腹ですね。困り事があれば、いつでも聞いてください。私がミイルでこっちがミイナ。よろしくお願いします」

「ありがとう、ケイン様」

俺は手を振ってその場を離れた。

あまりにも知らない事が多すぎると気付いた俺は、これからもっと世間について勉強しようと心に誓った。

……ん？　ちょっと待て。

今、頭に引っかかっていた事にようやく気が付いた。

〝ブラックウイング〟は遠征専門の勇者パーティだ。

最終目標は魔王討伐。

そう考えたら確かに、女の子達が言っていた〝そのような行為〟はできないよな。

さすがに子連れ勇者なんてシュールすぎるし。

俺を追放したリヒトの目的は恐らくハーレムパーティを作る事。

大丈夫なのだろうか……

不安に思いながらも、今の俺にはどうする事もできない。

俺は心配に思いつつ帰路につくのだった。

その日のお昼頃——ようやく家具が全て届いた。

ベッドは各部屋に運び込まれている。

それを感慨深げに見ている仲間達。

リビングやダイニングにも家具が設置されていく。

俺の夢の一つが叶った瞬間だ。

冒険者は根無し草。

ランクが上がっても家なんて買わない事が多い。

上位の冒険者でも、せいぜいが賃貸暮らしだ。

だが、家があれば将来的に住むところには困らない。

それにこの世界では家や土地に税金がかからないのだ。

だから、俺はどうしてもこれが欲しかった。

「どうしたんだ、ケイン。遠い目をしているじゃないか？」

「アイシャ……ハウスを持つのは俺の夢だったからな」

家具が運び込まれていく光景を見ていると、本当にここが自分達の家になっていくと実感できて嬉しい。

「確かに、パーティハウスを持つのを夢見ているパーティは多いな」

アイシャが頷く。アリスはふんと鼻を鳴らした。

「だけど最初からハウス持ちなんて、さすがに聞いた事ないわ」

「あたし、聞いてみたんだけど、王都でもハウス持ちのパーティは二十もないらしいですよ」

メルルがそう教えてくれた。

俺は気合を入れ直す。

「さぁ、ここからスタートだ。頑張ろう！」

「そうだな……パーティハウスもメンバーも揃った。ここが私達の出発点だ」

アイシャは皆を見回す。

「本当に感慨深いわね……ここから全てが始まるのね」

「あたしにはもったいない待遇ですが……頑張ります」

アリスとメルルも続いた。

「うちも専属ポーターとして頑張りますよ。ギルドで唯一のAランクポーターみたいですから、それに恥じないようにしないと」

クルダがむんと拳を握ると、シエスタは柔らかく微笑んだ。

「わたしも一生懸命お世話させていただきます」

そこでアリスが不思議そうにクルダに尋ねる。

「今クルダ、Aランクポーターって言った？」

「はい、この間めでたく昇格しました」

「ちょっと待って、どんな事したらCからAになるわけ？」

確かにこの間の狩りの詳細はまだ全員に共有していないから、疑問に思って当然だな。

クルダが経緯を説明する。

「ケインについていって、オーガを運んだだけですよ！　いや、ポーターって組む相手が良いと簡単に昇格するんですね！」

するとメルルが肩を落とした。

「じゃあ、Bランクはあたしだけ……他は全員Aランクという事ですか？　Bになるのだって凄く苦労したんですよ！」

俺は慌ててメルルを慰める。

「大丈夫だよ、メルル！　シエスタもまだBだから」

「ケイン、今なんて言いました？」

しかし、メルルは怖い顔で聞き返してくる。

「えっ……シエスタもBだって」

「シエスタはこの間まで冒険者登録もしてなかったはずですよ」

「そ、それは初めての討伐でオーガを狩りまくっていたからかな……その日のうちにBだってギルドで……」

「そんな、初めて討伐に行ったような人がBランク……あはははっ！」

メルルは急に大声で笑い始めた。

「そんなにランクが気になるの？　メルルは」

俺が恐る恐る尋ねると、メルルは食い気味に叫ぶ。

「気になりますよ！　多くの冒険者にとってAランクは目標です。ケインはSランクだからわからないかもしれませんが、普通の冒険者ならAランクは超一流の証なんです！」

「わかったわかった。それじゃ、次の目標は、メルルとシエスタのAランク昇格だ。それで良いか？」

「はい！」

「えっ……わたしもですか？」

シエスタは呆然としている。

すまん、シエスタ。勢いあまって君まで巻き込んでしまった。

だがまあ、メンバーのランクが上がるのは悪い事ではない。

俺達はひとまず直近の目標を見つけ、活動への意欲を高めたのだった。

僕、ケイトは、勇者パーティのリーダーであるリヒトに言われてシュベルター王国の王城まで来た。なんでも僕達のパーティを支援している王国から、戦力派遣の要請が届いたらしい。

まあ、王国からすれば教会に所属している聖女のソニアや、国の学問を担っているアカデミーに籍を置く賢者のリタよりは、単なる剣使いの僕の方が御しやすいと踏んだのだろう。

「勇者パーティ、ブラックウイングの剣聖ケイト、王命により参りました」

城の門番に伝えると、すぐに通してくれた。

「剣聖ケイト殿、話は聞いております。どうぞお通りください」

本当に緊張する……ここからは剣聖として振る舞わなくちゃいけない。

本当は偉い人に会うのは苦手なんだけどな。

城に入ると、早速謁見の場に通された。

赤い絨毯に、大きなテーブル。

普通の謁見室ではない。ここに通されるのは国の重鎮のみだ。

こういうのは勇者のリヒトがやるべきだよ……

僕には向いてない。せめてケインがいてくれたら任せられたのに。

そんな事を考えていると、国王が入ってきた。

「剣聖ケイトよ、よく来てくれた。今日はそなたに話があるのだ。長い話になるので、座られよ」

周りに高位貴族を伴った国王が着席を勧めてきた。

確か一度辞退するのが礼儀だったはず。

「王の前で座るなど、恐れ多い事でございます」

「堅苦しいのは抜きだ。座るが良い」

これで座っても大丈夫かな。

「はっ！　では着席させていただきます」

「他でもない、今日は剣聖ケイト殿に頼みがあるのだ」

うう、嫌なお願いじゃないと良いんだけどな……

とはいえ、正直に言うわけにもいかないので、僕は素直に頷いた。

「なんなりとお申しつけください」

もしかして魔族とか竜種の討伐だろうか？

なんにせよ、ろくな話じゃなさそうだ。

しかし、国王が口にしたのは予想外の頼み事だった。

「ケイト殿、勇者パーティを抜けてケイン殿のパーティに入ってくれぬか？」

えっ……あそこを抜けてケインのところに行けるの？

そんなの、僕としては大歓迎だ。

正直、勇者パーティはもう限界だ。

ケインが抜けた直後から色々な問題が起き始めたし、リヒトはそれを解決しようともせずにメンバーに言い寄る日々。

僕も半ば強制的に婚約までさせられてしまった。

だけど、僕は疑問に感じて国王に尋ねる。

「勇者パーティであるブラックウイングから、剣聖である私が抜ける……何か意図がおありですか」

「うむ、実を言うと勇者パーティの支援を、隣国のルーンガルド帝国に引き継ぐ話が出ておる。だが、貴重な四職を手放すのは国としても惜しい。パーティの顔である勇者はもちろん、他に所属を持つ聖女と賢者は仕方ないが、余が無理をすればそなただけは国に残す事ができよう。余の願い、どうか聞き届けてくれぬか？」

これは僕にとっては願ってもない事だ。

だが、リヒトから指輪をもらい婚約もしてしまった。それだけが気がかりだ。

僕は国王に事情を説明する。

「私は勇者リヒトと婚約しております。ですが私にとっては王の命が一番、そして国が一番。勇者リヒトとの婚約解消及び、パーティを抜ける事で起こる可能性のある問題が解決するなら、私は喜んでお受けいたします」

国王は頷いた。

「よかろう。一切揉め事が起きぬ事は余が約束しよう。この手紙をギルドに見せれば、リーダーであるリヒトの意思に関係なくパーティから抜けられる。そして余の無理を聞いてくれた礼に金貨二千枚と、今そなたに貸し出している魔剣イーフリーターを正式に授ける」

「はっ、感謝いたします。剣聖ケイト、必ずや王の期待に応えてみせましょう！」

僕はひざまずいた。

「それではもう下がって良いぞ」

「はっ」

僕はその足で王都のギルドに向かった。

「嘘、剣聖ケイト様じゃない？」

「王都に戻られていたなんて……」

周囲が騒がしいが、気にしない。

もう僕は自由だ。

ふむふむ、町には可愛い女の子がこんなにたくさんいるのか。眼福眼福。

ギルドに着くと、そのまま受付に行く。

「剣聖様、今日はどういったご用件でしょうか？」

「この書類の手続きを頼む」

僕は国王にもらった書類を差し出した。

「剣聖様、これは……ブラックウイングを辞められるのですか？」

「ああ」

すると受付嬢は目を輝かせて言う。

「でしたら、当ギルドでパーティメンバーを……」

「悪いな、次に入るパーティは決まっているんだ」

手続きを済ませて、ギルドを出る。

これで僕は本当に自由だ。

すぐにケインに会いに行こう。

そして、一緒に魚釣りでもしようかな？　子供の頃みたいにね。

パーティハウスに家具が来て数日――

ケイトが今日ここに来るという知らせを城から受けた俺ケインは、彼女を待っていた。

すると、玄関のドアがノックされ、懐かしい声がした。

「ケイン、久しぶりだなぁ～。魚釣りでも行かないか？　釣りが嫌なら川遊びしよう」

「来て早々お前は何を言ってるんだ……それにこれから狩りに行くんだ」

呆れたように言ってみせるが、内心、勇者パーティでは見られなかった素のケイト――子供の頃のように接してくる彼女になんとも言えない懐かしさを感じていた。

ケイトの声に反応したパーティメンバー達が、ぞろぞろと顔を出す。

「け、剣聖ケイト様！」

「本当に剣聖様だ……」

「本物ですよね……？」

「うち、信じられません」

アイシャ、アリス、メルル、クルダがそれぞれの感想を呟いた。

俺も改めて挨拶する。

「久しぶりだな、ケイト」

しかし、ケイトはなぜか怖い顔をしている。

「ケイン、これは何かな？　僕という者がありながらハーレムなんて作って……どういう事か、親友の僕にじっくり教えてくれ」

「ケイト、勘違いするな。彼女達は俺のパーティメンバーだよ。これからケイトにとっても仲間になるんだ」

「そう？　なら良いけどさぁ。そういえば、さっき言ってた狩りって？」

「仲間のランク上げをしようと思ってな」

「だったら、お手軽にワイバーンで良いんじゃない？　さっさと狩って魚釣りしようよ。それで良いよね？」

自己紹介もしないでこいつは……まあ、するまでもないだろうけど。魚釣りはもう決まりなんだな。俺は皆に確認する。

「皆、今日の狩りはワイバーンで良いかな？」

「良いよね？　さっさと狩って魚釣りして川遊びしよう」

どれだけ釣りと川遊びに行きたいんだケイトは……

「悪いが皆、付き合ってくれ……シエスタも一緒に行こう」

「「「「はい」」」」

そうしてケイトを加えた新体制で、俺達はワイバーン狩りに出かけた。


ワイバーンの岩場に到着すると、ケイトが準備しながら言う。

「それじゃ、ちゃっちゃと終わらせて、魚釣りに行こう、ケイン。僕は魚の塩焼きが食べたいんだ」

自由すぎるぞ、こいつは。

だが、いちいち気にしていても仕方ない。

俺は皆に指示を出す。

「じゃあ、ケイト以外のメンバーはこの前と同じだ。メルルは回復魔法が使えなくなったらポーションで治療を頼む。シエスタは危険だから、近くに隠れてくれ。ケイトは……まあ、任せる」

それぞれが頷いたのを確認して、俺も準備する。

するとケイトが悪戯っぽく提案してくる。

「それじゃ、ケイン競争だよ。せっかくだから賭けをしよう！　負けた方が勝った方の言う事を聞くというのはどう？」

「久しぶりだな、良いぜ」

俺とケイトは子供の頃、何かと理由をつけて勝負をしていたものだ。

久しぶりに乗ってやるのも悪くない。

「それじゃ、よーいドン！」

「よし！」

俺とケイトは素早く移動を開始、ワイバーンに狙いをつけて攻撃を始める。

「なぁ、ワイバーンってこんな風に遊びで狩るものなのか？」

「違うわね。だってアイシャ、あなた剣姫なんて呼ばれているけど、真似できないでしょう？」

「そうだな、アリスと私では一体狩れたら御の字、下手すれば命を落とす」

「狩れるという話ができるだけ凄いですよ。あたしには到底無理です」

「わたしの村なら、ワイバーンに襲われたら村を捨てて逃げるしかありません」

動き出す直前にアイシャ、アリス、メルル、シエスタがそんな事を話していた。

まあ一応、国に支援されている勇者パーティにいたからな……

「あははっ、ケインはまだゼロかい？　僕はもう六体狩ったよ！」

考え事をしていたら、ケイトから声が飛んできた。

俺も負けじと叫び返す。

「うるさい、勝負はこれからだ！」

「そう？　頑張ってね」

「くそ……」

つい、悪い癖で受けてしまったが、腐ってもこいつは剣聖だ。

勝てるわけがない。

だが、本気でやる。

そんな俺達を尻目に、メンバー達はなおも話を続ける。

「Sランクは人間じゃないとよく言うが……ケイン達を見ているとわかるな」

「死ぬほど頑張ってもたどり着けないわね」

「あたし達では足元にも及びませんよ」

「ワイバーンがまるでウサギみたいに狩られていく……」

「わたし、隠れている意味あるんでしょうか……？」

シエスタまでそんな事を言い出す始末。

いかんいかん、戦闘に集中しないと。

「ケイン、たぶんもうこの岩場にワイバーンはいないと思うよ！」

近くにいたワイバーンをあらかた片付けると、ケイトが一度剣を収めて告げる。

どうやらこのあたりのワイバーンを狩りつくしてしまったみたいだ。主にケイトが、だが。

俺は頷いた。

「俺の親友は人間でなく化け物だったようだ」

「酷いよ、ケイン！　そんな事言うと怖いよ？　ケインは僕の言う事をなんでも聞かないといけないんだからね」

「そうだった……」

「さて、何を頼もうかな……」

ケイトは本当に楽しそうだ。

結局俺が二十八体、ケイトが四十二体を倒したようだ。ワイバーンの岩場なのに、この岩場にはもうワイバーンはいない。

「じゃあ……ケイン、魚釣りに行こう」

「なら、それがお願いという事で……」

「まあいいや。今日のところはそれで勘弁(かんべん)してあげる」

そんな俺達の様子と、高く積まれたワイバーンの死体を、パーティメンバー達は呆然と眺めていた。

そういえばついケイトに釣られて思う存分狩ってしまったが、どうすんだこれ。

さすがに捨てていくのはもったいないが、クルダの収納にも限界があるのでは……？

俺が彼女を見ると、やっぱりクルダの目が泳いでいる。

「どうしたんだい、ケイン」

「ケイト、たくさん狩りすぎたワイバーンをどうしようかと思って……」

「あははっ大丈夫だよ！　僕が収納袋を持っているから」

収納袋とは魔法を使わずとも物をいくらでも収納できる超便利かつレアなアイテムだ。

その言葉を聞いたクルダが声を震わせる。

「嘘……そんな物があるなら、うちはもう役立たず決定じゃないですか……追放……」

俺は慌ててクルダに言う。

「クルダ、そんな事はないから大丈夫だ！　ケイト、なんでお前が持っているのか知らんが、それは勇者パーティが国に借りている物だよな？」

ケイトは元気よく頷いた。

「うんっ、せっかくだからもらおうかと思ってさ。黙っておけば平気じゃないかな？　リヒトは馬鹿だし」

「いや、さすがに気付く。リヒトじゃなくてもソニアやリタが気が付くから。はぁ、俺がついていくから明日国王に返そうな……」

「ケインがそう言うならそうするか」

俺は不満そうなケイトに念を押す。

「絶対に返すからな。という事でクルダ、この袋が使えるのは今日だけだ。だから、そんな遠い目をするな」

「そうですよね……いくら元勇者パーティでも、収納袋はないですよね！　本当に良かった……」

俺達が狩ったワイバーン七十体は収納袋に簡単に収まった。

片付けが終われば、俺がケイトのわがままに付き合う時間だ。

「ほら、ケイン。これからはお楽しみの魚釣りだ」

「全くお前って奴は……それじゃ行くか。皆も行こう」

パーティメンバー全員で近くを流れる川に向かう。

「それじゃケイン、勝負だ！　他の皆もやるなら竿はあるよ」

ケイトはあらかじめ、収納袋に竿を入れていたらしい。

準備は万全というわけだ。

「ケイト、今さらだが、とりあえず皆に自己紹介してくれ」

「なんで？　皆、僕の事知らないの？」

こいつは……だが、嫌みで言っているわけではない。

こいつは元勇者パーティ。しかも俺と違って本物の四職だ。

どこに行っても皆がケイトを知っていたから、自己紹介なんてしてこなかったのである。

言われてみればリヒトをはじめ、王族や上級貴族くらいにしか頭も下げない奴らだった。

まあ、いい。あまり必要ないかもしれないが、一応俺から紹介しておこう。

「皆知っていると思うが、こいつがケイト。知っての通り剣聖だ。ほら、ケイト。一番の新人なんだから挨拶しとけ」

ケイトは素直に頷いた。

「うん、わかった。僕は剣聖をしているケイトだ！　ケインの親友でもある。後は知っているよね、よろしく」

悪気があるわけじゃないけど、なんとなく引っかかるな……

今度は皆に挨拶を促す。

「それじゃ、順番に自己紹介をお願い」

一番に前に出たのはアイシャだ。

「わ、私はクルセイダーをしているアイシャと申します。よろしくお願いします、剣聖ケイト様」

「アイシャか、うん覚えたよ、よろしくね」

「私はアークウィザードのアリスよ。よろしく」

「アークプリーストのメルルです」

「クルダです。ポーターやってます」

「わたしはメイドのシエスタと申します。精一杯お仕えいたします」

「うんうん、よろしくね、皆」

なんか違和感があるな……

これだけ女の子がいたら、ケイトなら少しくらい興奮して鼻息が荒くなってもおかしくないと思ったのだが。

「さて、自己紹介も済んだ事だし、魚釣りしようよ。ケイン、ほら。他の皆も一緒にやらない？」

するとシエスタは首を横に振った。

「わたしはメイドなので、皆さんが釣った魚を調理するための準備に専念します。薪を集めてきますね」

「シエスタだけじゃ危ないから私も行くわ」

「あたしは魚苦手です」

アリスとメルルが来ないとなると……

「結局、参加するのはアイシャにクルダだね。はい、竿と餌」

ケイトは二人に道具を手渡している。

まあ、親睦を深めるためにのんびりした時間を作るのは良いだろう。

そうして俺達は四人で釣りを始めた。


数時間後——全員で二十匹の魚を釣り上げた。

これで皆食べられるな。

ちなみに、俺が九匹でアイシャとクルダが四匹、ケイトが三匹だった。

「久しぶりだから調子が出なかったのかな……？」

ケイトは悔しそうに呟く。

彼女は釣りや虫取りが好きだ。

だけど、それらをする時には剣聖の力を使わない。

ケイトなら竿なんて使わずとも、いくらでも魚を取れる。

だが、それをしないのは何かこだわりがあるのだろう。

「シエスタ、魚はまだ焼けないかな」

「もう少しですよ、ケイト様」

今は皆で釣った魚をシエスタが焼いてくれている。

「そこの大きいの僕だからね」

「馬鹿言うなよ、ケイト。それ釣ったの俺だぞ」

「ケインは僕の親友だろう？　友情のために僕に譲ろうよ」

「お前こそ、友情のために譲れ」

そんな他愛もない事を話しながらのんびりと火を見つめる。

これこそ俺が望んでいた生活だ……

そんな事を考えていると、ケイトがいきなり爆弾を落とした。

「ところでケインはこのパーティで誰が一番好きなんだい？　僕も含めて」

「「「「…………」」」」

皆の視線が俺に集まる。

「大事な仲間だからね、皆好きだよ」

俺が素直に答えると、ケイトはつまらなそうにそっぽを向いた。

「そう……相変わらず優柔不断だな、君は」

「そんな事を言うなら、お前は誰が好みなんだよ……」

俺は反撃のつもりで尋ねた。

「ケイン、もしかして僕の秘密を皆にばらしたのかな？」

「これから一緒に暮らすんだ……仕方ないだろう？」

ケイトは「それはそうだ」と頷いて、口を開く。

「そうだね……この中に本当に僕の好みで〝嫁〟にしたいくらいの子はいるよ」

「「「「えっ」」」」

俺を含めて皆驚きの表情を浮かべた。

しかし、ケイトは楽しそうに笑って手を振った。

「冗談、全くケインは女心がわからないね。そういえば、僕の事を皆に知っておいてもらうのは良いんだけど、ケインは勇者パーティでは暴露しなかったよね。なんで？」

「ここはあそこと違って自由だからな」

「そうか、確かにそうだね」

ケイトはそう言って、また笑うのだった。


釣りを終えた俺達は、町に戻りギルドに来ていた。

「あははは、ワイバーン七十体ですか……ちょっとギルドでは払いきれない報酬になると思います」

報告を聞いた受付のお姉さんの顔が引きつっていた。

しかし彼女はすぐに表情を戻し、近くの職員に何事か伝えて俺達に向き直った。

「今すぐ払ってほしいとは思っていませんから、大丈夫です。素材が売れてからパーティ全員分の口座に均等に振り込んでください」

俺が頼むと、お姉さんは頷いた。

「それなら、可能かもしれませんね」

すると先ほどの職員が戻ってきてお姉さんの耳元でひそひそとささやいた。

「この後、ギルドマスターからお話があるそうです」

「……？　わかりました」

お姉さんの言葉に俺は首を傾げる。

なんの話だろうか。長引かないといいけれど。

お姉さんはさらに続ける。

「それから、皆さんおめでとうございます！　全員Sランクに昇格です！」

「やったね、ケイン。これでもうランク上げの必要がない。明日から虫取りや魚釣り三昧だ」

「ああ」

俺は笑顔のケイトに応えた。

まあ、当たり前だな。

ワイバーン七十体の討伐なんてできるのは、恐らく俺達かリヒト達だけだ。

「「「「…………」」」」

しかし、おめでたい事だというのに、俺とケイト以外の全員がぽかんとしている。

状況が理解できてないんだな。

「おめでとう、全員がSランクだ。俺と同格だぞ……」

祝いの言葉をかけるが、まだ皆起動しない。まあ良いや。

動かない五人をそのままに、俺とケイトはギルドマスター――アウターの部屋に向かった。

部屋に入ると、アウターが声をかけてくる。

「よく来た、ケインに剣聖ケイト。ケイトは久しぶりだな」

「お久しぶりです、アウターさん」

ケイトはアウターに挨拶をする。

「確かに二人は久しぶりだね」

俺は微笑ましくその光景を見つめる。

挨拶が終わると、アウターが話を切り出した。

「お前らに言いたい事があるんだが、良いか？」

「なんだ？」

「もしかして何かくれるの？」

俺とケイトが尋ねると、アウターは急に怖い顔になった。

「馬鹿野郎、ふざけるな！　聞いたぞ、岩場のワイバーンが全滅したそうじゃねえか。岩場からワイバーンがいなくなったら、Aランクパーティの試験もできねーし、金に困った冒険者がワイバーンを狩る事もできねーじゃねえか！　少しは自重しろ、化け物ども」

「化け物だと！　俺はともかくケイトに謝れ」

「いいよ、ケイン庇(かば)ってくれなくても……僕は化け物なんだね。それじゃこのギルドを皆殺しにしようかな？」

「アウター、俺は止めてやらないぞ」

そう言うと、アウターは笑って流した。

これはよくある光景だ。アウターはよく冗談で俺達勇者パーティを化け物呼ばわりしていたのだ。

だから俺達も冗談で返す。

不器用だが、ある意味ちゃんと人として見てくれているんだ。

ひとしきり笑った後、アウターは諦めたように言う。

「まあお前達に自重しろっていうのは無理だな……そうだ、国王から基準を満たしたらすぐSランクパーティに引き上げろと言われていた。今日からお前らはSランクパーティだ」

まあ、パーティメンバー全員がSランクになったから、当然ではあるけどな。

「ありがとう」

俺はアウターに礼を言った。

「やったね、ケイン。これでもうパーティのランク上げもいらないし、明日から何して遊ぼうか？」

「いや、明日は王城にその袋を返しに行くんだよ」

ケイトがくすねた収納袋は早々に返却しないと。

すると、アウターが付け加えるように言った。

「あ、後お前らはもうワイバーン以下の獲物を狩るのは禁止な」

「は？」

こいつは一体何を言っているのだろうか。

「じゃあ、俺達は何を狩れば良いんだ！」

俺が詰め寄ると、アウターは真面目な顔で告げる。

「竜種とかだな」

「ふざけんなよ！」

この世界でもトップクラスの強さの、それこそ化け物みたいな魔物じゃねえか！

だが、これはアウターの冗談ではないらしい。

「当たり前だろ。それが嫌だと言うなら、もう一生遊んで暮らせるお金があるんだし、ゆっくりしたらどうだ？」

「そうだよケイン、お金はもう十分なんだから、良いんじゃないかな？」

アウターとケイトに諭（さと）され、俺は少し考える。

「……そうだな、少しゆっくりしようか」

その答えに満足したのか、ケイトは嬉しそうな表情を浮かべた。

「とりあえず、明日も魚釣りに行こう！　なんだったら馬車に乗って海に行ってもいい」

「ゆっくりするって言ったろ……」

「じゃあ、いいや。その代わり、冷やし中華とかき氷作ってよ」

「わかった、それくらいなら」

「久しぶりだな、ケインの料理。楽しみだよ」

ケイトと二人で盛り上がっていると、アウターが不満そうに鼻を鳴らす。

「俺を無視して、二人で遊ぶ話か？」

「悪かったよ」

「まあいい。とにかく、今後は絶対にワイバーン以下を狩るんじゃないぞ……」

「それも承知した」

「うん、僕もわかっているって」

その後部屋を出てメンバーのいる場所に戻ったが、五人はまだ固まったままだった。

◇◆◇◆◇

「約束だから、冷やし中華とかき氷作って」

ワイバーンを狩った翌日――

朝っぱらからケイトが部屋に突撃してきて、そんな事をのたまった。

確かに約束したけど、こんなに朝早くから起こされると思っていなかったよ。

しかし、かき氷はともかく、あんなまずい冷やし中華が好きなんてこいつくらいなものだ。

ケイトの所望するこれらの食べ物は、以前勇者パーティにいた頃に、俺が前世の記憶をもとに作ってあげた物なのだ。

かき氷や冷やし中華の他にも色々作ったが、どれもこの世界の素材では再現できず、俺は美味しいとは思えなかった。

唯一まともだったのはかき氷だけだ。

ちなみに、勇者パーティでこれが好物と言うのはケイトのみ。

他のメンバーは「不味くないけど、あえて食べたいとは思わない」との事。

まあ、気に入ってくれているなら作るのはやぶさかではないが……

シエスタも寝ているし、俺が全員分作るか。

しかし、ケイトは今日王城にぱくったアイテムを返しに行くというのにずいぶん余裕だな。

俺は早速ハウスのキッチンで料理を始める。

かき氷は削った氷にイチゴシロップをかけるだけなのですぐにできる。

冷やし中華は、小麦粉に卵を混ぜて作った麺に、この世界にあった酢とコショウと魚の粉で味付けする。

もし、同じ日本人がいたら「こんなまずい物、冷やし中華じゃない」と文句を言われそうだ。

そんな感じで手早く調理を済ませる。

これで全員分の冷やし中華モドキとかき氷は完成だ。

メイドのシエスタすらまだ寝ている時間だが、かき氷を作ってしまった。

溶けてしまうから起こすしかないな。

俺は早朝に皆を起こして嫌われたくないので、ケイトにその役目を担ってもらった。

彼女に叩き起こされたメンバーが続々とダイニングに顔を出す。

しかし――

「私は朝が弱くてな……すまない、ケイン」

「おはよう、ケイン」

「おはようございます」

「おはようございます　ケイン」

「おはようございます、ケイン様！」

アイシャ、アリス、メルル、クルダ、シエスタ。

いつもの面々のはずだが、その服装はいつも通りではない。

「……皆一応女の子なんだから、ちゃんと服に着替えてくれないか？」

そう、ほとんど全員がかなりの薄着だったのだ。

「ケイン、気にしなくていい。私は部屋ではいつでもこの格好だし、外に出ない時はこんなものだ」

アイシャは笑って言うが、そういう問題じゃない。

「いや、俺が気にする。ほとんど下着姿じゃないか？」

「まあ固い事言うな。女冒険者なんて皆同じだ。ケインも目の保養になって嬉しいんじゃないか？」

アイシャの軽い言葉に、俺は頭を抱える。

まさか、これが普通なのか？

アリスに至っては、スケスケのネグリジェで下着まで透けている。

クルダはパジャマだが、メルルは可愛らしい下着の上にガウンのような物を羽織っているだけ。

シエスタはさすがにブラウスに着替えているけど、よく見ると寝間着用なのだろう、下着が透けている。

ちなみにケイトも下着姿だが、こいつは昔からなので気にしない。

「まあ冒険者なんてこんなものよ！　ケインは勇者パーティだから知らなかったのかもしれないけど、部屋着なんてよほどの金持ちしか着ないわ」

当たり前のように言うアリスに、メルルも頷く。

「うんうん、ケインがいるから、こんなの羽織っているんですよ」

シエスタも彼女達と同じ考えのようだ。

「わたしは貧乏な村人でしたから、寝る時も着替えなんてしませんでした。ですが、ちょっと不衛生かと思いまして、今回はブラウスを着てみました」

俺は女性陣の言い分を聞いてため息をついた。

「あの……男の俺からしたら目の毒だから、もう少し露出を控えてほしいんだが……」

するとアイシャが不思議そうな表情を浮かべる。

「なんで控える必要があるんだ。一生この面子で暮らすのだろう？」

「全く、ケインは恥ずかしがりやなんですね……」

やれやれといった様子のメルル。俺がおかしいのだろうか。

「手を出しても問題ないわよ？」

「ケイン様、もしその気がおありでしたら、わたしがお相手いたします」

アリスとシエスタが意地悪そうに詰め寄ってくる。

「ちょっと待て、ケイン！　ハーレムじゃないって僕に言ったよね！」

ケイト、なぜ涙ぐむんだ……というかややこしくなるからやめてくれ！

「ケイト、違う。からかわれているだけだ！　それより、これだけ美女や美少女が下着姿でいるのに、なんでお前が反応しない……ソニアの下着を手に取ろうとした奴とは思えないぞ」

「あははは、そうだね。確かにアイシャは胸が大きくて触り心地が良さそうだし、アリスはセクシーだし、メルルとクルダも抱きしめたくなるね……シエスタさんも」

その声はかなり落ち着いていて、全くケイトらしくない。

俺の知っている残念な彼女はどこへ行ってしまったのだろう。

「お前はむっつりスケベだと思っていたのに……」

「酷い評価だ……まあ、いいや。ほら皆、かき氷を食べないと溶けるよ」

ケイトが話題を変えてくれたおかげで助かった。

服装の問題は解決していないがな。

「そういえばケイン様、お料理を作らせてしまってすみませんでした……あれっ、ずいぶん変わった食事ですね」

シエスタがテーブルに並んだ料理を見て呟いた。

「うん、ケインは昔から変わった料理をよく作ってくれたんだけど、これもその一つだよ。冷やし中華とかき氷って言うんだ」

ケイトが俺の代わりに説明してくれた。

アリスも物珍しそうに眺めている。

ただ、美味しいと言ってくれたのはケイトとシエスタだけで、他の皆の反応はやっぱり微妙だった。


朝食後――

「それじゃ、ケイトと一緒に王城に行ってくる。午後には戻るよ」

俺は皆に予定を告げて、ケイトを促す。

「えっ、僕も王城に行くの？」

「当たり前だろ。正確には俺がケイトに付き合ってやるんだから」

「そうだったね……えへへ、ごめん」

ハウスから歩いてしばらく、俺達は王城に到着した。

ふぅ……しかし、王城はいつ来ても緊張するな。

ケイトもいつも通り振る舞っているが、実際はかなり気を張っているだろう。

こいつは、案外心が弱いんだ。

必死に余裕の雰囲気を出そうとしているのがまるわかりだ。

「ケインはこういう場所が凄く苦手だよね」

ケイトが強がって話しかけてくる。

「まあな、正直慣れない」

「だよね。僕は大丈夫だけど」

そう言いながら汗をだらだらと流している。

ただ今日は運が良かった。

国王が忙しくて会えないそうで、宝物庫の管理をしている大臣に例の収納袋を渡して終わった。

用事を済ませて城を出ると、ケイトが先ほどとは打って変わって元気な声で言う。

「王様がいなくて良かったね、ケイン」

「そうだな、話も早く終わって助かった」

「これからどうしようか？　昼ご飯に美味しい物を食べるとして、その後どうする？　魚釣り？　虫取り？」

全くこいつは……そうだ。

俺はケイトに聞こうと思っていた事を尋ねる。

「そういえば、ケイトは竜種を狩った事はある？」

「うん、あるよ！」

ケイトは頷いた。俺は続けて聞く。

「ほら、俺達はワイバーンより格下の魔物を狩れなくなっただろ？　そうすると火竜（ひりゅう）、水竜（すいりゅう）、あたりしか討伐できないわけだ」

「そうなるかな！　まあ、それくらいならケインでも余裕だって」

本当にそうなのだろうか。

「俺には難しいからって言って、リヒトは戦わせてくれなかったぞ」

俺が勇者パーティにいた頃の話を持ち出す。

すると――

「ああ……もう時効かな。竜種はかなり経験が積めるから、リヒトがケインに狩らせたくなかっただけだよ」

俺はそれを聞いて、呆れてしまった。

「お前なぁ、知ってて俺に教えなかったのか」

ケイトは口をとがらせた。

「仕方ないじゃん！　ケインがどんなに弱くても僕は君のそばにいるよ。親友だからね」

「まあいい。それで悪いけど、火竜か水竜のどちらか狩るのを手伝ってくれないか？」

「ケインに頼まれちゃ仕方ない。なら水竜で良いかな」

俺は理由を尋ねる。

「なんで水竜なんだ？」

「いや、ケインが狩っている間に僕は魚釣りしているから」

おい、そういう事か。俺はため息をついた。

「……だったら二匹は釣っとけよ。俺の分もな」

「任せて、ケイン」

そのまま、町でちょっと豪華な食事をしてから、水竜が潜んでいそうな水場に向かった。

「ケイト、ここでいいのか？」

「たぶん……ほら、あそこにいた」

ケイトの案内に従って王都の外れにある森の中を行く事一時間ほど。

水竜の棲(す)む水場に到着した。

それにしてもこういう時の剣聖は頼りになるな。ケイトは勇者パーティで一番感知に優れていて、標的を発見するのはいつもこいつだった。

俺がケイトの指差す方を見ると、ワイバーンを巨大にして青くしたような魔物が水を飲んでいる姿が。

「でかいじゃないか!」

「大きいだけで大した奴じゃない、火も噴かないし」

ケイトは簡単そうに言うが、冗談じゃない。

「いやでも、あの大きさだと剣が急所に届かないぞ」

「素早く近づいてズバッとやってバスッで終わりだよ」

抽象的すぎて何を言っているのかさっぱりだ。

もういい、自分の感覚を信じてやってみるしかない。

俺は水を飲む水竜に素早く駆け寄り、飛び跳ねてズバッと頭部を斬(き)る。その後、バスッと喉(のど)を刺したらなんと倒せてしまった。

「ねぇ、簡単だったでしょ？　それは帰りに持っていくとして、まだ魚が釣れてないんだ。ケインも釣りしようよ」

俺が水竜を討伐したというのに、呑気にそんな事を言うケイト。

さすが、剣聖様はこんな魔物では驚かない。

仕方ない、少し付き合うか。

結局、魚は釣れなかった。

本当にケイトのこういうところがわからないな……水竜を簡単に見つけられるなら、水の中の魚の居場所もわかりそうなのに。

まあ、魚を見つける事と釣れる事は別なのかもしれないが。

釣りを諦めた俺達は、二人で水竜を引きずりながら帰った。

そのままギルドに報告に行く。

「なっ……水竜、本当に狩ってきちゃったんですか？　水竜の買取値なんて、あるかな……はぁ」

受付嬢が困ったように書類を漁り出す。俺はワイバーンの時と同じように言った。

「また、いつも通り振り込みでいいよ」

「助かります……ですがもう少し素材を大切にしてください。本来なら金貨七百枚を超えるのに、雑に持って帰ってきたせいで四百枚くらいになっちゃいますよ」

もったいなさそうに受付嬢が言った。

しかし、ケイトも俺も気にしていない。

「また狩ればいいから別にいいよね、ケイン」

「そうだな」

それを聞いた受付嬢は呆れた表情を浮かべる。

「麻痺（まひ）しています……二人とも感覚が異常です。まあ良いですけど……」

ギルドを出て、伸びをする。

もうそろそろ夕食の時間かな。

「それじゃケイト、行こうか」

「うん！」

水竜ならなんとか狩れる。これで少しは気が楽になったな。

そんな事を考えながら、俺はケイトとハウスに向かった。

第二章　四天王討伐

水竜を狩ってから数日後――

俺は自室で考え事をしていた。

竜種を狩れるのはわかった。

そしてうちのパーティには剣聖ケイトがいる。

これは、魔族との戦いも視野に入れないといけないかもな……

いくら国王に自由にしていいと言われていても、ケイトは四職の一人だ。当人はお気楽だが、全く何もしないと世間の目が冷たくなるかもしれない。

そうなると、俺達のパーティの目標である〝楽しく暮らす事〟も難しくなる。

周囲から疎まれるパーティなんて楽しいはずがないからな。

そう考えたら、魔族の四天王の一人くらいは倒しておいた方がいいだろう。

現在、勇者であるリヒトは魔族の幹部クラスを倒していない。

それどころか本格的な魔族との交戦はしていないはずだ。

だからこそ、俺達が動けば勇者にもできなかった事を達成したという評価が得られる。

さらに四天王の一角を倒せば〝剣聖の義務〟を最低限果たした事になる。

それは、今後ケイトを返せと勇者パーティや国に言われた時に、言い逃れの材料になる。

だからこそ、次に倒すのは四天王が良い。

俺は早速皆を集めて、ミーティングを始めた。

一緒に住んでいると、こういう時は楽だな。

「どうしたんだいケイン、いきなりミーティングなんて」

ケイトが尋ねてくる。

もったいぶらずに本題から話すか。

「今のうちに四天王の一人を倒そうと思うんだが、どうかな？」

「ケイン……君はアホの子になったのかい？　いくら僕が剣聖で、君が強いって言っても、死にに行くようなもんだよ？　どうしてもと言うなら心中するつもりで付き合うけどさ」

ケイトは冗談だと思っているみたいだ。

他の皆も同じようなものらしい。

「ケインやケイト様はともかく、私達は形だけのSランクだ。役に立たないだろう」

アイシャが自嘲気味に言う。

しかし、俺は首を横に振った。

「アイシャ、今回の戦いは君達が本当の切り札だ」

俺の言葉は予想外だったのだろう。皆ぽかんとしている。

「……私達が？　私達が四天王相手の切り札に？」

「確実になる」

立て続けにアリスが聞いてくる。

「私やメルルにも出番があるの？　本当に？」

俺は頷いた。

「ああ。さすがにシエスタは置いていくけど、他の皆は本当に戦力なんだ。一緒に戦ってくれないか？」

俺は皆に頭を下げる。

これは嘘だ。

こうでも言わないと皆付き合ってくれないだろう。

だが、パーティの今後を考えれば必要な戦いのはず。

「ケイン……本当にどうしたんだい？　君らしくないぞ。まさか強い奴と戦いたいとかいう馬鹿な理由じゃないよね？」

ケイトはなおもいぶかしげにこちらを見ている。

「違うよ、ケイト。俺達が狙うのは、四天王最弱のスカルだ」

ケイトは一瞬考えると、なるほどと呟いた。

「あのスカルね……確かに前にケインが言った話通りなら狩れるか……うん、〝剛腕(ごうわん)〟や〝空の女王(そらのじょおう)〟じゃなくてスカルなら、まあいいか」

しかし、ケイトの反応とは正反対だったのが、アイシャ達他のパーティメンバーだった。

「いや、スカルは〝死霊王(しりょうおう)〟だ。そんな呑気に語れる存在じゃないだろう」

「そうだわ……甘く見ていたら死ぬ」

アイシャとアリスが言えば、メルルとクルダも不安そうな顔になる。

「あたしなんかじゃ戦えません」

「うちはポーターですから、戦力にはなりませんよ」

するとケイトが大丈夫だと言って笑った。

「スカルなら僕とケインでどうにかなるからさ、任せてよ。しかし、ケインも人が悪いよね、スカルならスカルって言ってよ。驚いちゃったじゃん。だけど、なんで今さらスカルを狩るの？　もしかして僕のため？」

　俺は首肯する。

「まあな……ケイトも俺も元勇者パーティだから、少しくらい魔族を倒しておかないとっていうのはある。それにスカルは多少強いけど、他の四天王ほどじゃない。うちのパーティのレベルアップにはちょうどいい相手だと思うんだ。どうかな？」

　俺は改めて皆を見回す。

「ケインがそう言うならいい。たまには活躍しないと腕がなまるからな」

「取り巻きの雑魚の掃討ならやれそうね」

「あたしは回復と防御ですかね……」

「ゾンビ系は使える素材が少なそうなので、うちはあまり役に立たないかもしれませんが……素材回収なら任せてください」

　アイシャ、アリス、メルル、クルダは頷いてくれた。

「よし、それじゃ、明日からスカルの討伐に向かう。今日はこれで解散するから、各自休養しておくように。シエスタは留守を頼むね」

「「「「はい」」」」

　こうして、パーティ〝自由の翼〟と四天王との戦いが決まった。

翌日――スカルを倒すための準備を整えた俺達は、ハウスを出て目的地に向かっていた。

今日は小型の竜が車を引っ張ってくれる竜車に乗っている。

スカルなら倒せる。

なぜ、俺がそう言い切れるかと言えば、四天王の中でも個の力が圧倒的に弱いからだ。

俺達では〝空の女王〟の素早さには到底ついていけないし、〝剛腕〟が振り回す斧なんか受けたら魔剣ですら折れかねない。

あいつらは人智を超えた恐ろしい存在なのだ。

俺がいた時のブラックウイングでも〝剛腕〟や〝空の女王〟には勝てない。

戦闘になったらそこで旅は終わる。

だから、他のメンバーがどう考えていたかはわからないが、俺の中では四天王との戦いを避けつつ、リヒトの成長を待ち、時が来たら魔王と直接対決に持ち込む作戦を立てていた。

そのためにメンバーで最初に死ぬのは俺の予定だった。

そして次にケイト。これは他の仲間には伝えなかったが、俺やケイトの中では決まっていた。

魔王と戦うのに最低限必要な戦力は勇者、聖女、賢者と言われており、剣聖は含まれていない。

四職の中でも剣聖はいわばおまけのような扱いなのである。

ちなみに剣聖を除いた勇者と賢者と聖女を三職と呼ぶ。

つまり、命の序列は、俺が一番低く、次に低いのはケイトだ。

だからこそ国王やリヒトも、ケイトを勇者パーティから切り離す事を選んだのだろう。

話は戻るが、要するに俺は四天王の動向にかなり気を配っていた。

情報収集の結果、〝死霊王スカル〟は他の四天王に比べて弱い。そう結論づけたのだ。

スカルはゾンビをはじめとする多くの死霊を呼んで戦う。

その数は千を超えるという。

「さすがのケインも緊張しているんだな」

アイシャがからかうような口調で話しかけてくる。

「アイシャ、別に緊張はしてないよ」

「スカルは小物だから大丈夫だよ！　僕がいれば簡単に倒しちゃうから、皆も安心して」

「ケイト様なら楽勝よね」

いつも通りのケイトにアリスが笑いながら応える。

すると、ケイトが少しむくれて言う。

「アリス、僕も仲間だよね？　そろそろ様はやめようか？」

「えーと、剣聖のケイト様を呼び捨てなんて……」

「あのさぁ？　元勇者パーティっていうならケインも一緒だよ？　僕に様をつけるならケインにも様をつけるべきだよ！　ほら、どうする？」

ケイトも意地が悪いなあ……

アリスはぼそっと呟くように口にする。

「ケイト……」

「うん、その方が僕は嬉しい。他の皆も様はやめてね？」

「「「はい」」」

アイシャ、メルル、クルダが返事をした。

しかし、竜車にして良かったな……竜を怖がった魔物が逃げていくから、本当に楽だ。


俺達はスカルがいるという平原にある町に着いた。

仲間達は近くの宿屋にいてもらい、今は俺とケイトの二人きりで平原付近をぶらついている。

敵情視察といったところだ。

「久しぶりだね、ケインとこうして二人で戦うのも」

「この前、水竜を狩りに行っただろ。結局俺一人で戦ったが……まあでも、ケイトがそばにいるだけで安心感が違うよ」

俺は正直な気持ちを伝える。

ケイトも嬉しそうに頷いてくれた。

「僕もそうだよ！　僕にとって親友と呼べるのは君だけだ」

「確かに、俺に恋人ができてもケイトと魚釣りしてそうだな」

「だよね……ならいっその事、僕と結婚しないか？」

ケイトがこんな時にからかってきた。

こうしてやる。

「痛っ、ケイン！　なんで愛の告白をした僕の頭を叩くんだよ、酷いよ」

「そんな上目づかいは俺には通用しない。何年親友やっていると思っているんだ？　さあ、遊びは終わりにしてここからは真剣にやろうぜ」

「はぁ……わかったよ」

時刻は深夜に差しかかろうとしている。スカルは死霊使いだから、まさにこれからが奴の時間だ。

すると――

「ほう、今夜の獲物は男女の騎士か。我は死霊王スカル。四天王の一角だ。我が死の軍団が怖くなければかかって参れ」

ローブを羽織って杖を持った骸骨の魔族——死霊王スカルがどこからともなく現れた。

スカルが呪文を唱えると、次々とゾンビやスケルトンなどの魔物が出現する。

一説によると、スカルはその地に眠る死者を無制限に呼べるらしい。

だから、スカルはたくさんの死体が眠る地域に出没する。

「たかが骸骨がなんか言っているぜ、ケイト」

「馬鹿だね、これから倒されるのに」

俺達だけでも、スカルとなら良い勝負ができる。

だが、そんな危ない真似はしない。

二人で五、六体の魔物を倒したところで、決断する。

「これはきりがないな……ケイト、撤退だ」

「了解！」

「ほう、逃げるのか……臆病者め」

俺とケイトが下がり始めると、スカルはあざ笑ったものの、追ってはこなかった。

でもこれで、スカルの出没場所と戦力は把握した。

敵情視察としては上々だろう。

その翌日——

「ケイン、なんでシャベルと大きなハンマーを持っているの？」

俺はアリスの質問に答える。

「これでスカルを倒すんだよ」

するとアリスはふっと笑った。

「冗談でしょう」

「いやあ、これが本当に有効なんだよな、ケイト」

ケイトもうんうんと頷く。

「そうだね、僕やケインの考えが正しければ、これでチェックメイトだ」

「本当にそんな物でスカルが倒せるのか？　信じられないな」

「アイシャ、世の中には裏技ってものがあるんだよ」

「裏技……」

なおも疑問符を浮かべる皆に、俺は笑ってみせた。

「まあ、これからスカルを倒すから見ていてくれ」

お昼過ぎ――俺達は全員で昨日の平原にやってきた。
俺は早速スカルが昨晩立っていた位置を探す。
探していた場所を見つけてよく観察すると、土が盛り上がっている部分がある。
俺が何をするのか？
簡単だ、これからスカルを掘り起こす。
奴は死霊王だ。昨晩のように、死霊達が活発になる夜に戦うなんて自殺同然。
だが、昼間であれば怖くない。
奴が昼間に戦っていたという話は聞いた事がない。
俺は、スコップを使って地面を掘っていく。
しばらくその作業を続けていると――
「なっ……貴様、昨日の……」
そこには眠るように横たわるスカルがいた。
「ケイト！」
俺はケイトに呼びかける。
「はいよ」
あっさりとケイトが首と胴体を切り離した。

体はただの骨なので簡単に切断できた。

だが、死霊王というだけあって、それだけでは倒せない。

ここであのアイテムの出番だ。

「さぁ、皆、後はもう怖くないから、手に持った大型ハンマーで体を潰してしまおう」

「「「はーい！」」」

「貴様ら卑怯だぞ……！　正々堂々と……」

俺はスカルの言葉を遮って言う。

「あのさぁ……昨夜自分は戦わずに手下に襲わせていたのに、お前にそれを言う資格があるのか？」

「そうそう、そういう事」

俺とケイトが意地悪く言ってやると、スカルは憎々しげに吐き捨てる。

「呪ってやる……呪ってやるぞ」

その後、暴れ出すスカルの体をハンマーで粉々に砕いていると、やがて動かなくなった。

頭は残してあるので、スカルはまだ喋る事ができる。これを砕いたら倒した証拠がなくなるからな。

証人のいる前で叩き割ればいいだろう。

戦闘（？）中は少し離れたところにいたクルダに布で巻いたスカルの頭を渡し、収納してもらった。

クルダは嫌そうな顔をしていたが、我慢してもらうしかない。

クルダの収納魔法は生き物を入れられないらしいが、骸骨だからかすんなり入った。

骸骨は生き物ではないという判断なのかな……いまいちわからない。

とにかく最弱の四天王スカルは倒した。

他の三人はスカルとは違い、こんな簡単にはいかないから、たぶん戦う事はないだろう。

元勇者パーティとしての義務を果たすという目的は達成したわけだしな。

スカルを倒したので、王城へ行かなければならない。

他の獲物と違い、魔族絡みはその地の権力者に報告をしなくてはならない決まりなのだ。

今回の場合は国王になる。

俺達はスカルを倒したその足で王城に出向く事にした。

せっかくなのでパーティメンバー全員と、シエスタも呼び出して連れていく。

「ケイン、私なんかが国王に会っていいものだろうか？」

「やっぱり、ケインとケイト様で行った方がいいと思うわ」

「あ、あたし、王様どころか、貴族の屋敷にも行った事がなくて……」

「本当に大丈夫なんでしょうか」

「奴隷のわたしはさすがに……」

アイシャ、アリス、メルル、クルダ、そしてシエスタが不安を漏(も)らした。

しかし、俺は全員に向けて言う。

「何を言っているんだ。四天王討伐の報告なんだから全員で行こう」

「そうだよ、皆で押しかけようよ！」

ケイト、それはちょっと違うけどな……

王城に着いたので、門番に事情を話す。

「四天王の一角を討伐されたのですか⁉　さすがケイン様の英雄パーティ……素晴らしいですね。すぐに王に報告いたしますので、しばしお待ちを」

英雄パーティ？　なんの事だろうか？

だが、考える間もなく、俺達はすぐに謁見室に通された。

パーティメンバーはまるで石になったように固まっている。

特にクルダとシエスタは歯をガチガチ震わせている。

ややあって国王が部屋に入ってきた。

俺やケイトがひざまずくと、他のメンバーもそれにならう。

国王は玉座にも座らずにこちらに来た。

本来王は玉座に座り、俺達とは距離をとって話す。

だが、このアレフド四世はよくこういった対応をするのだ。

「余はこれほどまでにお前を買っている」というパフォーマンスらしい。

以前来た時もそうだったが、こうやって距離を詰められると圧倒されて自分のペースで話せなくなる。

そういう交渉術でもあるのだろう。

俺達の前まで来た国王が、口を開く。

「英雄パーティ自由の翼よ、頭を上げよ。世界の恐怖を一つ減らしてくれたのだ。むしろ余が頭を下げるべきだ」

「もったいないお言葉」

俺が応えると、国王は首を横に振って続ける。

「良い、全員が立って話す事を許す」

「はっ」

俺が立つと他のパーティメンバーも後に続く。

本当にアレフド四世はこういうのが凄く上手い。

王の前でひざまずかないで話をしたというだけで一生の誇りになる。

そういう〝物ではない褒美〟を与えるのが実に巧みなのだ。

ただで貸しが作れるならと、考えているのかもしれない。

国王は俺達を見回した後、確認してくる。

「それで、四天王の一角を倒したとは誠か？」

俺は頷いて答える。

「はい、死霊王スカルを倒しました。正確には、これから討伐してみせます」

「それはどういう事だ」

事情を詳しく話すと、国王は納得した。

「なるほど、それなら良い余興になる。しばし待ってくれるか？」

「はい」

アレフド四世は一度席を外すと、王族に大臣、上位貴族を引き連れ戻ってきた。

「せっかくの四天王討伐なのだ。皆の前でやってもらおう」

国王の提案に俺は首肯して、クルダに声をかける。

「クルダ、スカルの頭を頼む」

「は、はい！　今出しますです、はい」

凄く慌てている。確かに緊張するよな。

クルダがスカルの頭を取り出すと、スカルが話し始めた。

「貴様、こんな事をして我が魔王軍が……」

「うるさいのでさっさと黙らせます。抜剣の許可を」

俺はスカルの言葉を遮って、国王を見た。

「許す」

国王からの許可が出たので、俺はスカルの頭を放り投げ、あっという間に八つに切り刻んだ。

これでスカルが喋る事はないだろう。

「これにて討伐終了でございます」

俺は国王に告げた。

「さすがは、Sランクパーティ自由の翼だ。後日褒美を取らす。楽しみにしておれ。それにしても、まさか勇者に先んじて魔族の四天王を倒すとはな……余も思っておらんかった」

手を叩く国王に、俺は頭を下げた。

「ありがたき幸せ」

「今日はもう下がってよい。疲れもあるだろうからゆっくりしてくれ」

こうして、国王への報告を済ませた俺達は王城を出た。

しかし、アイシャをはじめパーティメンバー達はいまだに固まったままだ。

ケイトまで黙り込んでいる。

「おい、ケイト。いつまで固まってるつもりだ？」

するとケイトはびくっとして、こちらを見た。

「うぇっ……？　ああ、ケイン。さすがの僕も王様相手はちょっとね」

「どうせめんどくさいから、俺に押しつけたんだろ……」

「ごめんよ……次は僕もちゃんと話すから」

「冗談だよ」

たまにはこうして意地悪してもいいだろう。そうしないとこいつは自分のやるべき事を俺に任せっぱなしにするからな。

「ちょっと、洒落にならないからやめてよ……心臓に悪い。全くもう、ケインは……」

俺はため息をつくケイトに満足して、皆に声をかける。

「さすがに疲れたから、今日はもうハウスに帰って休もう。シエスタ、申し訳ないんだけど、今日の夜は豪華なご飯にしてくれるかな？」

「はい、ケイン様」

そうして俺達は家路につくのだった。

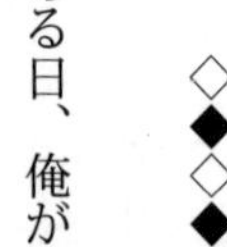

ある日、俺が買い物をしに町に出かけると、どこからか「英雄ケイン様だ」という声が聞こえてきた。

皆はよく俺の事を英雄と呼ぶが、俺のジョブは魔法戦士であって英雄ではない。

俺が英雄と呼ばれていたのは、勇者パーティの中で唯一俺だけ四職――勇者、聖女、賢者、剣聖――じゃなかったからだ。

他の仲間より劣るジョブなので釣り合いを取るために英雄ケインと呼ばれ始めた。

だが、俺はこの英雄という呼ばれ方は嫌いだ。

四職じゃない俺を気遣って、周りがつけてくれた呼び名だが、呼ばれる度に俺はリヒト達とは違うと思い知らされる。

まあ、今となってはどうでもいい事か。

目的の酒は手に入れたし、肴に串焼き肉も買った。

さすがに海まで行くのは大変だから、近くの川にでも行こうか。

そう思って、一度ハウスに戻り、シエスタにこの後また留守にすると伝える。

すると、ケイトが部屋から顔を出した。

「ケイン、また出かけるのかい？」

「ああ、ちょっと川までな！」

「奇遇だね。僕も川に釣りに行こうと思っていたんだ」

そう言いながら、ケイトは竿も何も持っていない。

「嘘つくなよ。なんの準備もしてないじゃないか」

「ああ、それならここにあるよ！」

そう言ってケイトが取り出したのは——

「魔法の収納袋……買ったのか？」

「まあね。自由の翼は収入が良いから。まあクルダがいるから性能は低い物にしたけど」

「はあ……まあ、いいさ。一緒に行くか」

「そう？　よかった！」

それから俺達は川を目指して歩き始める。

いつもは能天気なケイトが、なぜか今日は喋らないでいる。

無言のまま二人で歩き、川に着いた。

「……ケイン、君は優しいね」

川辺でゆっくりしていると、ケイトが突然口を開いた。

「何を言い出すんだいきなり」

「だって、僕やリヒト達のためにスカルを狩ったんだろう？」

「その通りだ。だけど半分は俺のためさ」

「ケインのため？」

「ああ。リヒトやお前と別れた時、俺とお前らにはどのくらいの実力差があったのか。リヒトを百として、お前を含む他の奴らが九十だとしたら、俺はさらに下の八十くらいだ」

「いきなり何さ……まあ、否定はしないよ」

俺はケイトの言葉に頷いて、話を続ける。

「四職っていうのは凄いよな。俺が死ぬほど剣を振って努力しても差は開く一方だった。だが、普通の人間の中でなら俺は強い方だと思う。違うかな？」

「間違いなく強いよ……うん」

「だけど、久しぶりにケイトに会って、お前の強さを再認識した」

ケイトは得意そうに鼻をこする。

「まあ僕は剣聖だからね！」

「でも今のリヒトですらケイトより上で、あいつは今よりももっと強くなれるんだろう？」

「勇者だから当たり前じゃない？」

当然のように言ってのけるケイトに、俺は笑った。

「そうだろうな……正直羨ましいよ。魔法戦士の俺は恐らく、このあたりが限界だ。せいぜい、後少し強くなったら終わり。それに比べてお前もリヒト達も、まだまだ強くなる……」

しかし、ケイトは首を横に振った。

「それは間違いだね。三職はともかく、剣聖の僕は限界がある。だからこそ三職と分けられているんだ」

「……そうか」

「まあそれでもケインの倍以上は強くなるけどね！」

元気に振る舞ってはいるが、ケイトもケイトなりに思うところがあるらしい。

「だろうな。ケイトは俺に合わせてくれているけど、俺よりずっと高みにいる。だから、この間のスカルの時は、自分で斬るんじゃなくて、無意識にケイトに頼んでいた。本当に情けない」

「あははっ、うん、わかっていたよ」

「ちぇっ、これだから幼なじみは」

「僕はただの幼なじみじゃないよ。ソニアやリタとは違う、君の親友だからね……君が思っている以上に君の事がわかる」

俺は厄介な親友を持ったものだ。

「そうか」

「うん、君は剣聖である僕が気まずい思いをしないようにスカルと戦ってくれた！　もうケインの力を必要としていないリヒト達に、せめてできる事をと考えて四天王の一角を崩した。そんなところかい？　まあ、君の意地もあるだろうけどね」

ケイトはまたも得意げに笑う。

俺は両手を上げて降参のポーズを取った。

「本当に敵わないな……まあ、リヒト達ならスカルになんか余裕で勝てるのはわかっているさ。だけど俺がどうにかしてやれそうなのは奴しかいない。本当は〝剛腕〟や〝空の女王〟を狩ってやればいいけど、俺じゃ無理だからな」

「そうだね。だけどケイン、君は本当ならスカルと正々堂々戦いたかったんじゃないのかい？」

「ああ……だけど実力がないから、あんな不意打ちでしかやれなかった。俺では勝てないと最初から薄々感じていたからな」

皆の前ではスカルなど余裕だと息巻いてみせたが、あれはほとんど嘘だ。

自分を鼓舞するために言っていたに過ぎない。

それもケイトにはばれていたという事か。

「スカルが正々堂々とって言った時、ケイン、泣きそうだったもん。悔しかったんでしょ」

「まあな……」

その後しばらくは、お互いに喋らない静かな時間が続いた。

沈黙を破ったのはケイトだった。

「ケイン、叫んでみるかい？」

昔ケイトがソニアに振られた時、海に向かって叫ぶと言うから付き合ってやった事があった。

こいつはその時を思い出して言っているのだろう。

しかし、俺は首を横に振った。

「いや、いいや……」

「そう、それじゃ僕が叫んでやる……」

「お、おい……」

俺が止める間もなく、ケイトは叫ぶ。

「リヒトのバーカ！　昔は僕の後ろで泣いていた癖に勇者になんかなりやがってー！」

「おい、ケイト」

「ソニアのバーカ！　聖女だかなんだか知らないけど偉そうにしやがって、泣き虫でいつも僕が助けてやったのに」

「……」

「リタのバーカ！　チビで泣き虫なのに賢者なんてふざけんな」

俺は叫ぶケイトを黙って見つめていた。ようやく気が済んだのか、ケイトがこちらを向いた。

「……何？」

「いや、なんでもない。ケイトが俺の代わりに叫んでくれたから気が晴れたよ。さ、串焼き食って酒飲んで帰ろうぜ」

「待って、僕、魚釣るから」

お、おう……いい雰囲気だったが、その言葉で一瞬にして現実に引き戻された。

「ケイトって本当に魚が好きだな」

「というか焼き魚が好きなんだ。ケインも好きだろ？」

「まあな」

それからケイトはさっさと釣りに行ってしまった。

こりゃさっきのケイトにどきっとしたなんて言えないな……

気持ち悪がられるだろうし、そもそもケイトは俺を恋愛対象として見ていない。

こいつが好きなのは女だ。

俺のために叫んでくれたケイトを愛おしいと思ってしまったなんて、口が裂けても言えない。

そんな事をつらつらと考えていたら、あっという間に釣りに行ったケイトが戻ってきた。

「今日は簡単に二匹釣れたよ。これを焼いて食べよう。やっぱり僕はこういうのが好きなんだよね～」

こいつは親友、これは恋愛ではない。絶対にない。勘違いするなよ、俺。

ケインとケイトがいない間、アイシャ達五人は全員で話し合いをしていた。

「あのさぁ、私達本当にこのままで良いのか？」

アイシャが話を切り出す。

「うん……パーティに入って気が付いたらSランクまで上がって、おまけにとんでもない大金を手にしたわ。挙句の果てには魔族四天王の討伐に国王への謁見……大した活躍もしていないのに冒険者の頂点なのよ……私達」

アリスがぼやくように言う。

「アリスやアイシャはいいですよ……元からAランクじゃないですか。あたしなんてBですよ！　二つ名もないですし……」

「メルル知らないの？　二つ名ならあなたにももうついてるわよ」

　アリスが呆れたようにメルルを見ると、彼女はふっと笑った。

「冗談ですよね。二つ名は冒険者の中でも強者にしかつかないんです。そう簡単にもらえるものではありませんよ」

　するとアイシャが思い出したように呟く。

「そういえばついていたな……〝白き癒し手のメルル〟とかなんとか。メルル、おめでとう」

「私も聞いたわ。でも尾ひれがついていたけどね。どんな傷でも一瞬で治す奇跡の魔法の行使者っていう」

「アイシャ、アリス……それ冗談ですよね」

　アイシャとアリスの言葉に、メルルは動揺している。

「そんな大それた二つ名がついてしまうなんて……」

「メルルまで二つ名がつくとは……でもその点、ただのポーターであるうちには関係のない話ですね」

　クルダは安心して胸をなでおろすが、なぜかアリスはにやにやしている。

「そうね〝鋼鉄の輸送兵クルダ〟さん？」

「……嘘ですよね、アリス」

「ううん、本当。どんな戦場からも確実に素材を持ち帰るポーターだそうよ……おめでとう」

「うち、普通のポーターなのに……」

クルダがぼやいていると、今度はシエスタが口を開く。

「あの、皆さんはともかく、わたしはただのメイドですよ……しかも奴隷の……」

「そうだな。〝戦メイドのシエスタ〟」

今度はアイシャがシエスタをからかった。

「わ、わたしにもそんな二つ名があるんですか……ゴブリンにも勝てないと思いますけど」

弱気なシエスタに、アリスが首を横に振った。

「それは間違いだわ。たぶん、シエスタはナイフ一本でオークくらいには勝てる」

それを聞いたシエスタはわたわたと手を振った。

「そんな事はないです！　わたしは元村娘の奴隷なんですから」

そんなシエスタの反応を見た一同は、顔を見合わせてにやりと笑った。

「「「それじゃ試しに行ってみようか」」」

ぽかんとするシエスタを無視して、勝手に話が進んでいく。

「さすがに、ケインみたいにオーガの集落は無理だな」

アイシャがそう言うと、アリスが頷く。

「そうね、間違いが起こるとまずいわ」

「でも、そう簡単に魔物は出てきてくれないですよ」

メルルは顎に手を当てて考え込んでいる。

「まあ、探していれば見つかるわよ。とりあえず準備して行きましょう」

アリスが強引に話をまとめ、一行はシエスタの狩りに繰り出したのだった。


「あそこにオークがいるわ！　それじゃシエスタいってみよう」

王都の外れにある平原でオークを見つけたアリスが叫ぶ。

しかし、シエスタはナイフを構えたままおろおろするだけだ。

「あの、本当にわたし、村娘で……」

「大丈夫、相手の動きをよく見て。向こうの攻撃は余裕でかわせるし、あなたでも倒せるわ」

「あの……はい」

仕方なくシエスタはオークに向き合う。

しかし――

「嘘、嘘、怖い！」

向かってくるオークに対して恐怖の感情が勝ってしまう。

「ウガアアア！」

叫び声を上げて突進してくるオーク。

もはやこれまでか……とシエスタはそう思ったが――

「あれ、なんだかオークの動きが遅い？」

シエスタはこれなら自分でもと、ナイフでオークを切りつけた。

「えい」

「グルウウウ……」

「えいえい」

「…………」

「えいえいえええええい」

手ごたえを感じなくなっても、必死なシエスタは気付かずナイフを振り続ける。

「シエスタ、死んでいるわ、もう」

アリスがシエスタに近寄って告げる。

「えっ……あ、はい」

「ねっ、シエスタにもできたでしょう？」

アリスは当然のように言うが、シエスタはまだ困惑気味だ。

「あの、なんでわたしにこんな事ができるんですか？」

するとメルルが口を開いた。

「それが不思議なんですよね……強い人のそばにいるだけで、ある日突然強くなるんだよ」

アリスも頷いた。

「そうそう、驚くわよね。何もしないで見ているだけで、なぜだか強くなるの」

「不思議な事もあるんですね」

シエスタはあまり納得いってないようだ。

「だけど、実際にシエスタの実力はCランク相当はあると思うわ。ね、アイシャ」

アリスがアイシャに話を振ると、アイシャは首肯した。

「そりゃあるだろう……だけど」

「わかっているわよ。私達はSランクとはいえ、その実力があるわけではない。ケイン達は規格外だわ。彼のそばにいたから強くなった気はするけど……」

「ああ。本物のSランクのケインと同じくらい強くなれるとは思えない」

それには全員が頷く。

アイシャ達は思った。

本当のSランクというのは、人間では到底及ばないほど強大な力を振るう者の事を言うのだ。

自分達のような、おこぼれでSランクになった者は偽物。

Sランクという称号を得た事で、今の自分達にできる事を見誤ってはいけない。

「ケインとは、一体何者なんだろうな」

唐突にアイシャが呟いた。

アリスが尋ねる。

「いきなりどうしたの、アイシャ」

「だって、ケインは私の夢を全部叶えてくれているのに、何も求めてこないんだぞ」

「確かに、普通の男の冒険者なんてパーティを組んだ瞬間に体を求めるクズが多いわ。頭にきたから、そのまま洞窟(どうくつ)に捨ててきた事もあったわね」

アリスはため息をついた。

「やっぱりそうなんですね……あたしもよく言い寄られました」

「ポーター契約の時に〝それも込み〟なんて言ってくる奴もいますよ……お金のない子はそれでも仕方ないと、契約してしまいます」

メルルとクルダも悔しそうに話した。

シエスタもうんうんと頷く。

「わたしなんか奴隷ですからね……相手しろと言われたら、なんでもしなくちゃいけないんです。なのにケイン様は、いまだに手も触れてきません……ケイン様ってなんなんでしょうか……」

これぱかりは誰も答えを持ち合わせていない。

アイシャは首を横に振った。

「わからないな……ただな、ケインだって男だろう。そのうち手を出してこないとも限らない」

「そうね。だからアイシャはいつも勝負下着つけているんだもんね」

「アリス！　お前だって似合わない黒い下着をつけているだろうが」

「似合わないですってー っ⁉」

突如始まったアリスとアイシャのどうしようもない争い。

他の三人は呆れて見つめている。

「お子様体型には似合わないな」

アイシャがそういえば、アリスも言い返す。

「何よ、乳がでかいのがそんなに偉いわけ？」

「ないよりはましだ」

しょうもない言い争いに、シエスタが割って入った。

「お二人ともやめましょうよ……」

「シエスタはこちら側の人間だよな……大人っぽい紫の下着も似合っているし、お子様とは違う」

すると、アイシャがシエスタを巻き込もうと彼女の方を見て言った。

しかし、その言葉がなぜかメルルに火をつけた。

「アイシャ、お子様のどこがいけないんですか？　ちゃんと需要はあるんですよ」

「メルルはアリス側だからな……ご愁傷様(しゅうしょうさま)だ」

アイシャは残念そうにメルルを見やる。

「あの……不毛(ふもう)すぎるので本当にやめましょうよ……」

クルダが仲裁を試みるが、ここまで来てしまっては誰も争いを止められない。

「クルダも可愛らしいピンクの下着をつけていたわね」

アリスがクルダの秘密を暴露する。

「――なぜ、それを⁉」

結局彼女達の間で決着がつく事はなく、しばらく言い争いを続けたのであった。

俺ケインが朝起きてハウスの外に出ると、とんでもない事になっていた。

「なんだこれは！」

「凄いね、これは！」

隣にいたケイトも驚きの表情を浮かべている。

町には見渡す限り横断幕やポスターが溢れていた。

ご丁寧にパーティハウスの前の柱にまで貼ってあるのだ。

そこには〝英雄パーティ、死霊王を倒す〟と書いてある。

まさに俺達の事だった。

俺が惚けていると、ハウスの前に馬車が止まった。

「ケイン殿、国王がお会いしたいとの事だ。至急来られよ」

またか……と思いつつ、行かないわけにはいかないので、早速準備する。

「ケイト、お前も一緒に……って、あれ？」

「ごめん、ケイン！　僕は今日用事があるから」

さっきまで隣にいたはずのケイトは、真っ先に町に駆け出していった。

国王に会う以上の用事なんてあるわけないだろうが……

俺が家の中に戻ろうとすると、中からこちらの様子を窺っていたらしいシエスタとアイシャと目が合う。しかし、速攻で逸らされた。

そうか、皆行きたくないのか……俺だって行きたくはない。

他のメンバーはあれほど緊張する場はもうこりごりなんだろうな。だが、これから先は慣れないといけない。

何せ国王直々の命で入ったケイトがパーティにいるのだ。いつ城に呼ばれてもおかしくない。

まあ、今日は仕方ない。ひとまず俺一人で行こう。

「お待たせして、すみません」

準備を終えて馬車のところに戻ると、迎えに来た騎士が気さくに対応してくれる。

「何を言っているケイン殿。さぁ、お乗りください」

騎士は〝騎士爵〟という立派な爵位を持っている。

それに対して勇者や俺達は爵位を持っていない。

ただ、魔王を討伐すれば爵位をもらえるという話は、初めて国王に会った時に聞かされている。

だが、魔王を倒していない以上は、勇者パーティは優遇こそされるが、所詮は平民だ。

俺はもう勇者パーティでもないしな。

なので、爵位を持っている騎士は俺達を見下した態度を取る事も多い。

特に今回の馬車についてきた騎士は〝宮廷騎士〟だ。

これは王族に直接仕えるトップクラスの騎士で、騎士の中でもプライドが高い者がたくさんいると聞く。

しかし、この人は明らかに態度が柔らかい。

やっぱり人をひとくくりにして偏見を持つのは良くないな。

まあ、問題はなぜ宮廷騎士ほどの人間を、俺の迎えによこしたかだが……

そんな事を考えながら馬車に揺られ、あっという間に王城に着いた。

馬車を降りると、やはり、いつもと違う印象を受けた。

騎士達が剣を掲(かか)げ、最上級の敬礼をしている。

こんな事はリヒトと一緒にいた時もなかった。

謁見室に通されると国王が待っていた。しかも、周りには王宮つきの上級貴族がずらっと並んでいる。

なんだこれは……と思ったが、国王の前なので俺はすぐにひざまずいた。

国王が口を開く。

「ケイン殿。この度の死霊王スカルの討伐ご苦労であった。余が王になってから初めての魔族幹部の討伐である」

「お褒めいただき光栄です」

国王は頷いて続ける。

「魔族幹部討伐の褒美として、ケイン殿とケイト殿には一代限りの自由男爵位、その他の自由の翼のメンバーには一代限りの自由騎士爵位を与える。その他に金貨五千枚を与えるものとする」

……爵位？

「あ、あの……」

俺が聞き返そうとすると、国王は手を振って遮った。

「この度与える爵位には〝自由〟という言葉がついておる。これは自由を好むケイン殿やケイト殿へのせめてもの配慮だ。要はその地位と同等というだけであり、余に仕えるわけではない」

なるほど、魔族幹部を討伐した者に爵位を与えると言っていた手前、それをなしにする事はできないが、俺達の事情を考慮してくれてはいる。

俺は再度頭を下げる。

「ご配慮ありがとうございます」

「良い。それから、後でミスリル鉱石を届けさせるゆえ、それで好きな武器を作るが良い。さすがにパレードまではせんが、民も楽しめるようにささやかな祭りを王都でするようにふれを出した。そちらも楽しんでくれ」

そんな事までしてくれるのか……

「はっ、ありがたき幸せ」

「それでは、下がって良いぞ！　繰り返しになるが、この度の討伐ご苦労であった。感謝する」

そうして俺は王城を後にした。

それにしても爵位か……こんな破格の待遇はさすがに想定外だ。

だって爵位の前に自由がつくなんていうのは、俺達専用の爵位を作ってもらったようなものじゃないか。

こんな話、聞いた事がない。

これで迎えに来た宮廷騎士の態度の謎が明らかになった。

一代限りとはいえ男爵だからな。男爵は騎士よりも高い爵位だ。

まあ、俺達の活躍は恐らくここで終わる。

最後に良い物をもらった、そう思えば良いか。

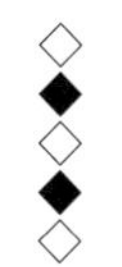

一方その頃、ケインが去った王城では――
「国王様、上手くいきましたな」

側近の言葉に、国王は満足そうな表情を浮かべる。

「うむ、さすがケイン殿、放っておいても人のためになる事をしてくれるわ」

「それにしても、まさか勇者より先に四天王の一角を崩すとは……」

「これで、下手をすれば、勇者パーティブラックウイングの活躍はあの二人の力が大きかったと思う者も出るだろう」

国王が意味ありげな笑みを浮かべ、髭をさすった。

側近の者も相槌を打つ。

「その通りでございます」

「勇者を帝国に渡し、代わりに帝国と優位な条約を結ぶ。だが、その実、我が国には剣聖と英雄が作った最強パーティが守りにつく……狙い通りだ」

勇者という名ばかりの人間と交換で、自国に有利な状況を作り出す。

シュベルター王国アレフド四世は狡猾だった。

「勇者は国を守らない。だが英雄パーティは国の所属、国のものですね」

国王は首肯する。

「爵位等いくら与えてもいい。この優位性が手に入るなら安い物だ」

自由とはいえ、この国の貴族ではある。

これでケイン達はより王国を離れづらくなっていく。

「さらに国を挙げての祝い事まですれば……」

「あのお人好しは、ますますこの国のために頑張るであろうな」

「さすが、国王様でございます」

様々な思惑が交錯（こうさく）していく。

この爵位授与は、ケイン達にとって良い事ばかりではないのだった。

「どうだった、ケイン！」

俺ケインが王城からパーティハウスに戻ると、どう見てもさっきまで寝ていましたといった様子のケイトが走り寄ってきた。

「ケイト、お前どうしても外せない用事があったんじゃないか？　それがなんで寝ているんだ？」

「あははっ……急に中止になっちゃったから寝てた」

「あのな……」

俺とケイトがそんなくだらない話をしていると、他のメンバーがぞろぞろとハウスに帰ってきた。

なんだ、皆はケイトと違ってちゃんと用事があったのか。ならば仕方ないな。

アイシャとアリスがこちらに気付き、手を振りながら声をかけてくる。

「ケイン、もう帰ったのか。それでどうだった」

「褒美でももらえたの？」

「アイシャ、アリス、他の皆もこれから詳しく話すから食堂に行こうか」

さすがに、今日から貴族になりました、なんていう話を聞いたら驚くだろうな。

国王に仕える貴族になるわけではないので、全員で王様に会いに行かないでいいのは、こいつらにとっては好都合だったのかもな。

だが、俺はあの緊張感の中に放り込まれたんだ。

ちょっとくらい悪戯しても罰は当たらないだろう。

「アイシャ、前へ一歩出てひざまずいて」

「ケイン、これは一体なんなんだ」

「良いから、良いから」

アイシャは渋々頷いて、俺が言ったようにひざまずいた。

そして、俺は告げる。

「アイシャ殿、この度の活躍見事であった。よって本日より自由騎士爵の地位を与える」

そう述べて、王様にもらった書面を渡した。

本来は剣や杖を掲げて忠誠を国王に誓うが、俺達には関係ない。

「ケイン……これは」

「おめでとう、アイシャ。今日から貴族だ」

「えーと、これ本物……？」

戸惑うアイシャを、俺はあえて無視した。

「アリス殿」

アリスが慌ててひざまずく。

そうやってメルル、クルダ、シエスタに書面を渡していった。

最後までわくわくした表情で待っていたケイトをちらと見て、俺は言う。

「以上だ」

するとケイトがえっ、という顔をして尋ねてくる。

「ケイン、僕にはないの？」

「ないな」

「嘘、冗談だよね……？」

「いいや、本当に何もない」

俺は面白くて、涙目のケイトをスルーした。

俺を一人で王城に行かせた罰だ。

「あの、ケイン改めて聞くけど、これは冗談だよな」

俺は首を横に振る。

「アイシャ、それは本物だよ。今日から君達は自由騎士だ。自由騎士というのは、爵位は騎士爵でも国王に仕えるわけではないという特別なものだ。もっとも一代限りで継承はできないけど」

アイシャはまだわかっていない様子だ。

「つまり、私が貴族になったという事か」

「うん、そういう事」

今度はアリスがいぶかしげに聞いてくる。

「それ本当？」

「本当だよ！　書類を見てみればわかるだろう。ちゃんと王印も押してある」

アリスはもう一度書面を見返しているみたいだ。

顔を上げると、驚きの表情を浮かべていた。

「本当だ……凄いわよ、これ。まさか私が貴族になるなんて……」

やっと状況を理解してくれたか。

でもまあ、この二人はさすがにまだ落ち着いている。

他の皆なんて……

「あわわ、あたしが本当に貴族になったんですか」

「落ち着くのです、メルル！　騎士爵だから一番下ですよ」

「この国で貴族になるのは、トカゲがドラゴンになるより大変だと言われているというのに……単なる村娘で奴隷のわたしが貴族？」

メルル、クルダ、シエスタはもう混乱状態だ。

「まあつまりは皆凄い、そういう事だね」

俺がまとめるように言うと、クルダが尋ねてくる。

「あの、うちも？」

「うん、クルダも騎士爵だから貴族だね」

「あのケイン様、わたしは奴隷です」

今度はシエスタが俺を見上げてくる。

「うん、奴隷だけど貴族だね。不思議だけど、それでいいみたいだよ」

「えーと、わたしってなんなんでしょうか？　奴隷なのにお金持ちで、凄く幸せで冒険者の最高峰のSランクで、今度は貴族なんですよ」

シエスタはぐるぐると目を回しながら、何やら呟いている。

俺は笑って頷く。

「そうだね」

「黒目、黒髪の忌み嫌われる容姿なのに」

「そうでもないようだよ。〝戦メイド〟って二つ名がついて女の子に大人気らしい。今度シエスタを主人公にした演劇をやるみたい」

これは町を歩いている時に聞いた話だ。

「それはさすがに冗談ですよね！」

「……」

「ケイン様、冗談ですよね！」

「あーはい、これ」

そのまま黙っているわけにもいかず、俺は町でもらったチラシをシエスタに渡した。

「嘘、嘘ですよ……〝戦メイド、シエスタ物語〟って……」

「凄いよ。さすがのリヒトも物語の主人公にはまだなってないからね。ギルドでもケイトよりシエスタの方が女の子に人気があるみたいだよ」

俺がシエスタに教えてあげると、シエスタはぶんぶんと首を横に振った。

「あははは……ケイン様、さすがにそれはないですよ。わたしがケイト様より人気だなんて……」

「まあ、すぐにわかるよ」

すると、アリスが話に入ってきた。

「シエスタ、ケインの言っている事はたぶん本当よ」

「アリス様、そんなの嘘ですよ」

「そのチラシが証拠だし、私も聞いたもの」

その言葉にシエスタは観念したようだ。

「……はぁ、本当なんですね」

まあ、今までの扱いとの差に戸惑っているだけだろう。そのうち慣れるさ。

俺はさっきからしつこく俺の服の裾を引っ張ってくるケイトを引きはがす。

「なんだよ」

「ケイン、本当の本当に僕には何もないの？」

「ああ、本当に何もないな」

「嘘だよね……？　それじゃ、この場にいる中で僕だけ平民じゃないか……皆に頭を下げ続ける日々なんて……」

さすがに可哀想になってきたな……

そろそろネタばらししとくか。

「はあ、嘘だよ。ほら、ケイトは俺と同じで男爵だ。はい」

そう言って書面を渡してやる。

「あの、僕にはあの儀式みたいなのしてくれないの？」

ケイトは不満そうに俺を見る。

「親友を一人で王城に行かせるような奴にはしてあげない」

「ごめんって！　僕が悪かった。許してくれ、ケイン。僕と君の仲じゃないか」

「冗談だって。本当の理由を言えば、ケイトは剣聖という肩書きがある分、俺より偉いんじゃないかと思ってな。そんな奴にあんな事されてもあんまり嬉しくないだろ？　だからなしな」

「そんな、酷いよぉ」

俺達はそんなふうに冗談を言い合いながら、その後ものんびりと過ごした。

数日後――
国王が言っていた町を挙げてのお祭りの日、俺達はシエスタが主題の演劇を見てから、町を歩い

ていた。

「そういえば、シエスタ、なんでもシエスタの生まれ故郷が開発されて新しい町になるそうだ」

俺は聞きかじった情報をシエスタに伝えた。

「そうなんですか？　凄いなぁ……あの村が綺麗になるんだ」

「ああ、そうらしい。それでシエスタの像が町の真ん中に作られて、町の名前もシエスタになるって」

「……はい？」

これには少しわけがあるのだが、簡単に言うと魔族の幹部を倒すようなパーティに所属しているSランクメイドを称（たた）えての事のようだ。

「さすが、戦メイドだな」

呆けるシエスタに、俺は笑いかける。

しかし、シエスタはぶんぶん首を横に振った。

「あのケイン様、そんな事言うなら、ケイン様はわたしのご主人様じゃないですか？　髪からつま先まで全部ケイン様の物ですし、わたしの功績もケイン様の物です！」

そう言いながら、シエスタは俺に寄りかかってきた。

「シエスタ、なんでケインにしなだれかかっているのかな？」

ケイトが怖い顔でシエスタに詰め寄った。

「ケイト様はケイン様の親友というだけですよね。関係ないじゃないですか？」

「ふーん……シエスタ、戦メイドと剣聖ってどっちが強いのかな？　最近僕気になってきたんだけど？」

そう言ってケイトが剣の柄に手を置いてみせた。

シエスタは俺からぱっと離れて、手を上げた。

「あ、あの……ケイト様、冗談ですよね？　なんで剣に手をかけているんですか？」

その瞬間――

「ふっ！」

ケイトが剣を抜いてシエスタに斬りかかった。

だがシエスタもそれをナイフで防ぐ。

ケイトはにやっと笑った。

「ひゅーっ、さすが戦メイド。本当にずいぶん強くなっているね。これは他のメンバーも凄く楽しみだ」

俺は町中でいきなり武器を抜いた二人に呆れたものの、シエスタの反応の速さには驚かされた。

本当に強くなってきているな……ケイトが手加減していたとはいえ、剣聖の剣を防ぐとは。

「ケイト、そのあたりでやめておけ。危ないだろう」

俺が仲裁に入ると、ケイトはてへっと舌を出す。

「あははは っ、ごめんよ。だけどこういう事ができるのは、今までケインだけだったからちょっと嬉しいよ」

「本当にやめてくださいね……わたしはただのメイドなんですから」

シエスタはそう言いながらも、真っすぐにケイトを見つめている。

俺の知らない間に、何回か狩りに出ていたらしいが、それが目にも表れている。あれは完全に冒険者の目だ。

もう本当に戦メイドの二つ名に恥じない強さだ。

本人は嫌がると思うけど。

二人が落ち着いたところで、俺は改めて町を見回す。

魔族の幹部が倒されたという事で、町はお祭り騒ぎだ。

「そこのお姉ちゃん、見なきゃ損だよ。このメイド服、なんとあの戦メイドシエスタ様と同じモデルだよ、一つどう?」

服屋のおじさんが話しかけてくる。

商魂たくましいな……まあ、本物がここにいるんだけど。

すると今度は武器屋が声をかけてくる。

「そこの冒険者の方、このナイフ凄いでしょう。実はこれ、あのシエスタ様が四天王を倒した時に使った物と同じなんだ」

このあたりはシエスタを主題にした演劇を上演している劇場が近いせいで、シエスタにあやかった物がたくさん売られている。

だが、シエスタは四天王を倒してないし、なんならその場にすらいなかった。しかし、本物が目の前にいるのに気付かず売りつけようなんて、おかしいな。

ちょっと聞いてみよう。

「あの、俺の連れを見て何か思いませんか？」

「あん？　黒髪、黒目のメイド……シエスタ様の真似をしているのか？　だが、シエスタ様はこんな年増（としま）じゃなくて美少女だぜ」

俺は危（あや）うく噴き出しそうになってしまった。

そうか、なるほどな。

「違うよ、おじさん。シエスタは美少女じゃなくて美女だ」

そう言ってもおじさんには伝わらなかったようだ。

困惑するおじさんを残して、俺達は再び町歩きに戻った。

ケイトが尋ねてくる。

「ねえ、ケイン。なんでシエスタがここにいるのに皆わからないわけ？　僕には理解できないんだけど」

これにはアイシャもアリスも同意する。

「ああ、私も気になっていた」

「おかしいわよね」

俺は皆に説明する。

「あはは、皆よく思い出してみて。さっきまで俺達が見てたのは？」

するとケイトは納得いったようにぽんと手を打った。

「ああ！　そうだね、思い出した。僕達は劇を見ていたんだったね」

「そうそう。たぶん、冒険者や親しい人じゃなければ、パーティ自由の翼といっても役者の方をイメージする可能性は高いよ」

特に役者は舞台映えするような人ばかり使っていたので、印象に残りやすいのだろう。

まあ、顔だけなら皆も負けてはいないと思うが、それは普通の人には関係ない。

ケイトは頷いて、シエスタの背中を叩いた。

「そうだった。でも、これなら安心して町を歩けるね。良かったじゃん、シエスタ」

「これはこれで凄く複雑ですよ？　勝手にイメージされるのってなんか嫌です」

俺は苦笑する。

「まあ、有名税だと思うしかないね」

その時、俺はふと古本屋に並んでいた一冊の本に目をとめた。

それを手に取ってパラパラめくってみると、中身は俺達のパーティの物語で挿絵がある。

横からシエスタがのぞき込んできて、指を差す。

「これがケイン様にケイト様ですね」

「たぶんそうだな。だけど、ケイトなんてセクシーなエルフっぽいし、俺なんかどう見ても筋肉ダルマだ」

「そうですね、こっちはまるで貴族みたい」

二人で現実と中身の違いを笑っていると、店主と思しき男がのそっと顔を出した。

「兄ちゃん達、買わないなら触らないでくれよ……ん、なんだ？　お祭りだから皆で英雄パーティの真似っこでもしているのか？」

それを聞いたケイトが悪ふざけを思いついたらしい。

急にポーズを取って、宣言する。

「僕こそは、剣の腕は世界一、剣聖のケイト」

俺も乗ってやる。

「俺は幾多の魔物を葬り去ってきた英雄ケイン」

「氷のように冷たく可憐な乙女アリスよ」

「どんな攻撃も私には通じない、アイシャだ」

「あらゆる治癒に精通した女、メルル」

「うちがいれば、いかなる場所でも荷物は安全、クルダ」

「戦場に咲く一輪の花、戦メイドのシエスタ」

なんだかんだで皆ノリノリだ……顔は真っ赤だけどな。しかし、ケイトはこういう冗談が昔から好きだな。

古本屋の男にも受けたようだ。

「あははは、兄ちゃん達、確かに似ているけど本物みたいな風格がねーよ。特にシエスタ様はうら若き乙女だ。さすがに無理があるぞ」

あっ、シエスタがしょげてる。

皆は笑いを堪えるのに必死だ。

俺は店主の男に応える。

「そうだね、さすがに本物には及ばないか」

「だけど、考えたな……お祭りにケイン様のパーティの服装を着るのか。俺もケイン様の服装にしてみようかな……うん、悪くないな」

そんな事を呟く店主を尻目に、俺達は古本屋を離れる。

案外、劇だと美化されるし、役者のイメージで固定されるから、本物には気が付かないんだな。

まあさっきケイトも言っていたけど、これなら安心して町を歩ける。

さすがに冒険者にはバレるだろうけど、それは仕方ない。

俺達は引き続き町を散策する。

すると今度はこんな張り紙を見つけた。

「クルダ、戦場のエンジェル」

いち早く気付いたメルルがそれを読み上げる。

凝りないな……今度はクルダが主役の劇か。

さっきの劇場とは違うところだが、思った以上に魔族幹部討伐の知らせは影響力が大きかったらしい。

この分だとパーティメンバー全員がそのうち主人公になるだろうな。

「ケイン、今度は僕も主人公になれるかな？」

ケイトが尋ねてくる。

「たぶん、ケイトじゃないと思うな」

俺はからかうように言う。

ケイトは不満そうに聞いてくる。

「なんでさ？」

「元勇者パーティの俺やケイトよりも、普通の冒険者だった他のメンバーが活躍した方が面白いからだよ。シエスタのやつもそうだろ？」

「そうかあ……僕じゃないか、残念」

がっくりと肩を落とすケイト。

しかし、アイシャやアリスは困惑気味だ。

「あの、私が主人公だとして、あまりに美化されても怖い」

「私だって同じよ」

まあ、それはそうだろうな。

でも有名になるというのはそういう事だ。

俺は前方を指差す。

「ほら、劇場に着いたよ。クルダの劇、見るだろ」

皆不満を言いつつも、劇自体は楽しみみたいだ。

しかし、俺達がこんなに目立っている事を知ったら、負けず嫌いのリヒトは怒るだろうな……

俺はそんな事を考えながら、劇のチケットを購入するのだった。

◇◆◇◆◇

シュベルター王国でお祭りが行われた日――

自国の騎士団を視察していたルーンガルド帝国の帝王ナポレ二世は、とても機嫌が悪かった。

帝国は王国との取引で勇者、聖女、賢者を既に手に入れていた。

しかし気に入らないのは、帝国が手に入れた勇者パーティ以上の働きを、元勇者パーティの魔法戦士ケインが作ったパーティがしているからだ。

本来勇者パーティで重要なのは三職――勇者、聖女、賢者だ。そして、剣聖がその一段下におり、勇者達と合わせて四職と呼ばれる。

だが、ケインという男はその四職ですらなく、魔法戦士だ。確かに恵まれたジョブではあるが、到底他のメンバーには及ばない。

だというのに、最近はこのケインのパーティの噂ばかりが帝王の耳に入る。

ワイバーンを狩りまくったり、竜種を仕留めたりしたという話だ。

そして何より凄いのは、あの四天王を倒した功績である。

四天王と言えば、一国ですら滅ぼしかねない人類の敵。

それすら倒してのけたケインという男……彼が何者であれ、王国所属なのは変わりない。

つまり、その手柄や名誉は王国に帰するという事だ。

「もし、ケインという男がこのルーンガルド帝国にいたなら、恐らく王国よりも高い爵位や領地を与えたかもしれぬな……」

場合によっては帝王の娘、姫の一人くらいは嫁がせた可能性すらある。

そう、ケインの活躍はそれほど大きい。

事実、ケインは能力がないため、勇者パーティから追放された。

帝王はケインという男も、剣聖ケイトも華がないと思っていた。

「一体、何が起こったというのだ……」

それが、今や時の人なのだ。

帝国でもケインのみならず、彼のパーティの人気は留まる事を知らない。

帝王は実際に話を聞くまで、そんな連中は眼中になかったが。

帝王は目の前で鍛錬していた帝国騎士団の女騎士の一人に「この世界で最強の女は誰なのか」と聞いてみた。

するとーー

「四職を除くのであれば、戦メイドのシエスタ殿です！」

そんな答えが返ってきた。

「それで、その人物はどれほど強いのだ」

「一騎当千だと聞いています。何しろ英雄ケイン様や剣聖ケイト様があの四天王を倒している間、たった数人であの死の軍団の猛攻を防いだそうです」

それを聞いた帝王は素直に頷いた。

「それは凄い。この帝国にぜひとも欲しい人材だ」

しかし女騎士は首を横に振る。

「それは無理でございます。英雄パーティのメンバーで先日、正式に王国から騎士爵をもらったそうです。しかも普通の騎士爵でなく自由騎士という名目で」

それは恐らく王家に仕えるわけではないという意味での自由だろう。

爵位を与えられた事は知っていたが……そこまでの人物なのか。

「それでは無理だな」

「はい、それを除いても、ケイン様に心酔していますから難しいでしょう。国ではなく一人の殿方にその忠誠を誓う……そこにも憧れます」

この女騎士を見ればわかる。

帝国に仕えているのであれば、普通はこの国の騎士の名をあげる。

それを差し置いて、他の騎士の名前を出すのだ。それほどまでに優れた人物なのだろう。

帝王はそう納得し、興味本位で尋ねる。

「他にも優れた者はいるか」

「おります。鋼鉄の輸送兵クルダ殿ですかね。究極のポーターです」

女騎士は答えた。

「しかもただのポーターじゃありません。どんな場所でも物資の輸送ができるそうですよ。たとえ数万の軍勢に囲まれていようが、魔王の前だろうが、運べない物はないとか」

そんな人間がいれば砦や王城は兵糧攻めなどできなくなる。

「そいつも英雄パーティか」

「はい」

シュベルター王国は英雄パーティがいるから勇者を手放したのか?

帝王は今さらながらに頭を抱える。

全部が本当でないにしろ四天王すら無傷で倒しうるパーティがいる。

それだけでも十分脅威だ。

「英雄パーティには他にも有能な人材はいるのか？」

帝王が聞くと、女騎士は考え込む。

「……後三人ほどいるそうですが、私は詳しくありません。ですが、全員がSランク冒険者ですから、同じような強者だと思います」

「それは凄いな……」

女騎士のもとを離れ、帝王は騎士団の中でも屈指の実力を誇るローゼットという騎士のもとへ歩み寄った。

「ローゼット、英雄パーティの事は知っているな。そのパーティの中にお前が倒せる相手はいるのか？」

ローゼットは剣を振る手を止め、帝王に向き直った。

「恐れながらおりません。私は人間の中では強者かもしれませんが、人外ではありませんので」

「人外、か……女で騎士団団長に成り上がったそなたが言うなら間違いないのだろうな」

「はっ」

帝王はそう言って、また考え込んだ。

英雄と呼ばれるケインに剣聖のケイト、そして五人のSランク冒険者。

そして四天王さえ葬るパーティの実力。

勇者パーティで強かったのは、本当に勇者や聖女、賢者だったのか。ケインと剣聖を取った方が良かったのではないか？

そんな疑念が帝王の頭の中を支配する。

ケインという男は、単体で見れば勇者であるリヒトには及ばない。

だが、この男は人材の発掘と育成では超一流と言わざる得ないだろう。

わずかな時間でSランクを五人も育て上げ、しかも全員が人外と言われる存在。

本当に凄いのはケインだ。

帝王はなおも思考する。

ケインがいればSランクを大量に育てる事ができる可能性がある。

戦メイドが一騎当千なら、七人のパーティで七千、いやケインとケイトはそれを超える化け物だから、一万人レベルの軍隊でも危ういと考えなくてはならない。

これも今の時点での話だ。

「帝国もこれから先、英雄パーティと親交を結ばないといけないな……敵に回したら魔王並みの脅威だ」

帝王が呟くと、側近の者が聞き返す。

「どうかされましたか？」

「いや、少し考え事だ」

こうしてケイン達に対する誤解は深まっていった。

その頃、帝国に所属を移しつつ、魔族討伐の旅を続けている勇者リヒト達一行——

「メテルにエメルダ、ちょっと相談があるんだけど良いかな？」

賢者リタは帝国にあてがわれたパーティの補充メンバー、メテルとエメルダを呼んだ。

そこには聖女のソニアもいる。

「リタ様、何か相談事？　私は別に良いよ」

「私も構いませんよ。それにリヒト様がいない時の相談なんて想像がつきます」

メテルとエメルダはそう言って、リタのもとに歩み寄った。

「話が早くて助かるわ。率直に言う。リヒトじゃどう頑張っても魔王はおろか、四天王にも敵わないと思う」

ソニアが深刻そうに言う。

酷い言いようだが、ソニアは事実を告げたつもりだった。

「そうですね……私は四天王相手なら可能性はあると思ってますが、魔王には勝てないでしょうね」

「私もメテルと同じ。リヒトお兄ちゃんは魔王には勝てないよ」

エメルダとメテルは二人とも同意見のようだ。

「それでこれから、どうするか話し合いたいのよ」

リタが本題を切り出すと、エメルダが頷いた。

「素直に言えば、私やメテルはリヒト様を戦いに誘うのが本来の仕事です。勝てる勝てないはともかく、四天王や魔王にリヒト様をぶつけさせるのが使命なのです」

そう、このエメルダとメテルという補充メンバーは、当初帝国が勇者をやる気にさせて魔族と戦わせるための仕掛け人だったのだ。

だが、それを聞いたリタとソニアは特に驚くでもなく受け入れた。

それくらいは読めていたのだろう。

「そう、それじゃ仕方ないね。私達も魔王と戦って死ぬ、それしか未来はないわけね」

しかしエメルダは首を横に振った。

「それは違います。もう私、リヒト様を魔王にぶつけるなんて考えていません」

「私もそうです」

エメルダとメテルが訴えた。

リタは疑問に思って尋ねる。

「それはなんでかな？」

「リタ様、男女の仲というのは凄いんですよ？　今や私の一番はリヒト様です」

どうやらあの勇者はこの二人に手を出したようだ。

だが、そのおかげで無理やり魔王と戦う未来が避けられるかもしれない。

今度はソニアが聞く。

「それってつまりどういう事？」

「だから、魔王なんかと戦わずに、しばらくは適当に旅を続けましょうと言っているのです」

それを聞いたソニアは呆れたように言う。

「ちょっと待って。本当に良いの？　帝国の使いとしてのあなたの立場は？」

「ソニア様、私も女です。任務なんかより惚れた男を優先します」

どんな女にも手を出そうとするあの勇者にはほとほと愛想をつかしていたが、まさかこんなところで役に立つとは。

ソニアはそんな事を考えながらも、エメルダとメテルに微笑んだ。

「そう、助かるわ。だけど、それだとこの旅をずっと続けてなくてはならない。もちろん死ぬまでね」

　するとメテルが口を開いた。

「それなんだけど、エメルダと話していた事があるんだ」

　リタが話を促す。

「話してみて、メテル。ここは私達がどうやって生き延びるかを考える場なんだから、なんでも言ってよ」

「ありがとう、リタ様。考えたんだけど、しばらく竜種を狩って実績を積んだら、四天王に挑戦してみるのはどうかなって」

　ソニアは呆れたようにため息をつく。

「はぁ、何を言っているの？　全滅するわよ？」

「ソニア様、メテルの話をちゃんと聞いてください」

　エメルダにたしなめられてソニアが黙ると、メテルが続ける。

「簡単に言うとしばらくは実績作りだね。ワイバーン以上を簡単に狩れるなんて、この勇者パーティしかない。だから最初はワイバーンとか水竜とかを狩って、さすがは勇者パーティという名声と実績を積むんだ」

「だけどその後は結局四天王と戦うんでしょ？　それだと意味がないよ」

リタが突っ込む。

メテルは自分の考えを説明する。

「よく考えてみたんだけど、四天王の一人、死霊王のスカルは自分が強いわけでなく、死霊系の魔物を驚くほどの数使役するのが厄介なだけ。剛腕や空の女王みたいに一撃で相手を殺しかねない相手じゃない」

「それがどうしたの？」

ソニアが先を促すと、メテルは頷いた。

「さすがに戦わずに逃げたらまずいよ？　でも戦いを挑んだ後、逃げ出す事は難しくないんだ。そしてその戦いで、私達が腕か足でも失えば……」

メテルがそこまで言ったところで、ソニアが遮った。

「ちょっと待って、何それ！」

しかしメテルは意に介さずに話し続ける。

「ちょっと残酷な話になるのは許して。あくまで提案だよ？　リヒトお兄ちゃんには利き腕か片足、リタ様にも同じく利き腕か片足を失ってもらう。当然ソニア様や私達もそれなりの大怪我をする……その状態で逃げて、旅を終わらせたらどうかなって？」

それを聞いたソニアとリタは絶句した。

「……仮にそれを実行したとして、どうなるっていうのよ」

ソニアが尋ねる。

「帝王様なら、さすがにそこまでの大怪我をした者に対して、魔王を討伐しろとは言わないよ。帝国は戦士に優しい国だから、ちゃんと戦って傷ついた者に寛大（かんだい）だ。それに四天王に挑んで負けたとしても、事前に実績作りしているから仕方ないと思ってもらえる。まあ報奨はあったとしてもかなり減らされると思うけど」

リタとソニアはしばらく考え込んでいた。

いくら命が助かる可能性があると言っても、かなりの危険が伴う。

だが――

「命あっての物種（ものだね）だもんね……助かるならそれでいいよ」

「私も魔王と戦って死ぬくらいならそれでいいわ」

リタとソニアは決断した。メテルは満足そうに頷く。

「そうしたら、しばらくは竜種を狩って実績作り。最後は、死霊王のスカルと戦い、逃げ出し、戦えないほどの大怪我をする。これで帝国では生きていける。ささやかな爵位と小さな領地くらいはもらえるはずだから、その後は自分の人生を取り戻そう」

「エメルダとメテルは？」

ソニアが尋ねると、エメルダはにこっと笑う。

「リヒト様には私達が必要なんです、とか言ってそのままリヒト様についていこうと思います」

「はあ、あんまり使いたくない手だったけど……そうね、死ぬよりは幸せかも。生活にも困らなさそうだし。さすが、帝国がよこした切れ者ね」

「そんな照れちゃうよ」

メテルが恥ずかしそうに笑った。

リタやソニアが決意を固めていたが、彼女達はまだ知らない。

頼みの綱の四天王最弱のスカルは、既にケイン達によって倒されてしまったという事を。

クルダの劇を楽しんだ俺ケインは、引き続き皆と一緒にお祭りを見て回っていた。

「おばさんが無理しちゃって痛いよね！」

するといきなり男が絡んでくる。

どうやら、シエスタの事を言っているようだった。

しかしシエスタは、こんな奴秒殺できるのにもかかわらず、あわあわしている。

俺はシエスタの腕を引いて通り過ぎようとする。

「あのさぁ、おばさん。何無視してんの？　そんな格好して、俺のシエスタ様のイメージが崩れるからやめてくれない？」

シエスタは凄く嫌そうな顔しながらも取り合わないよう我慢している。

だが、それが癪に障ったのか、相手は大きな声で怒鳴り散らす。

「聞いているのか、この糞ババアが！　うわぁ、本当におばさんだよ、気持ち悪いわ」

そこに、そいつの仲間らしき男二人が合流してきた。

「なんだよマーモ、何かあったのか？」

「聞いてよ！　このおばさん、シエスタ様の真似してんだよ？　本当にムカつくと思わない？」

「あ～無理しちゃって本当に」

「おばさんさぁ、少しは歳を考えろよ」

俺はしばらく様子を見ていた。

ここで助けに入るのは簡単だけど、これから先、俺がいない時に絡まれたら、自分で対処しなければならない。

しかも、どうやら相手は冒険者らしい。冒険者同士の揉め事は当事者同士で解決するのが原則だ。

それこそ、殺しでもしない限り、騎士や自警団も介入してくる事はない。

しかし、笑える光景だな……

トカゲに絡まれるドラゴンのようなもので、見ていてシュールだ。

「わたしは忙しいのでこれで失礼します！」

シエスタはきっぱりと言うが、相手の三人も譲らない。

「何言っているんだ、おばさんよぉー。英雄パーティの真似しちゃいけないでしょう？　これ犯罪だよ！」

「そうそう、お祭りだからって犯罪は駄目だよ」

「これから、冒険者ギルドに連れていって性根を叩き直してやる」

もはや何を言っているのか意味不明だな……

しかしシエスタはめげずに丁寧に話している。

「あのぉ、シエスタの真似をしている人はわたし以外にもたくさんいますし、実際に衣装も売っていますよ？」

「シエスタ様な！　貴族を呼び捨てにしちゃ駄目だし、人がやっているからって犯罪は犯罪だよな？　ギルドが嫌なら金出しな！」

「そうそう、銀貨五枚でいいや」

シエスタはため息をついた。

「良いですよ……じゃあギルドに行きましょう。そこであなた達相手に何をすれば良いんですか？」

男は意外そうな顔をする。

「なんだぁ、やる気になったのか？　まあ、簡単だ。俺達の修練に付き合ってもらう。おばさんが生意気だからいけないんだ。少し痛い目にあってもらうよ」

「そう、修練ですか？　良いですよ」

シエスタはあっさり頷いた。

それを見た俺達はギルドに先回りして、シエスタの正体が絡んできた男達にばれないように協力してもらった。

シエスタを知らないという事は、この町ではなく流れの冒険者なのだろう。

こいつらはやってはいけない事をしている。

仮にシエスタが、本当にシエスタのコスプレをしているだけのただの一般人だったとしても、それを気にくわないからと言って危害を加えるのは単なるならず者だ。

そうこうしているうちに、シエスタと男達がやってきた。

「ここの修練場を借りたいのですが……」

「良いですよ、今は空いてますからね」

そう言いながら、受付のお姉さんはシエスタにウインクをしていた。

その場にいた冒険者達は当人達に聞こえないようひそひそ話している。

「戦メイドに絡むなんて、あいつら馬鹿なのかな？」

「その前に、なんで冒険者なのにシエスタさんの顔を知らないんだ」

「あいつら、最近王都に来たからな」

「馬鹿、もう騎士爵もらったからシエスタ様な？　貴族に無礼を働いたんだ、殺されても文句言えねえ」

「まあ、そもそも冒険者のいざこざはギルドは不干渉だし、仮に揉め事の末に誰か死んでも、よっぽど悪質じゃなきゃ問題がない」

「もうあいつら終わったな」

そんな会話がされているとも知らずに、当人達は修練場に場所を移す。

シエスタに絡んだ男の一人が尋ねる。

「さぁ、おばさん、どうする？　誰を指名するんだ？」

お、こいつらにも一対一の模擬戦にするくらいの良識はあるらしい。

でもあいつら、どう見ても隙だらけだな……

シエスタはにっこりと笑って答える。

「三人一緒で良いですよ」

すると、男達は激昂した。

「何調子こいてんだよ、てめぇ……まあ良い、お望み通り三人でボコってやるよ」

「はん、ふざけた事言いやがって」

「俺達Bランクだぜ？　三人いれば、おばさんがAランクでも敵わないぞ」

えーと、Aってそんなに弱いの？

どう考えても、この三人が二十人になってもアイシャやアリスには勝てないだろ。

俺がそんな事を考えていると……お、早速始まるようだ。

シエスタが二本のナイフを構えていた。すると、傍らにいるケイトが表情を暗くして言う。

「あれはクズだから、殺しちゃっても良さそうだね？」

俺は苦笑いする。

「さすがに、それはまずいんじゃないか？」

「シエスタは騎士爵、つまり貴族なんだから、それくらいしてもいいと思うけど」

「まあシエスタにとっても良い経験にはなる。対人戦を覚えるのにちょうどいい相手だからな」

「それじゃ遠慮なく行くぜ！」

俺達が呑気に話していると、男達が三人がかりでシエスタを襲う。

しかし今のシエスタの目にはのろまにしか見えないはずだ。

せっかくだから、シエスタ、あれをお見舞いしてやれ。

俺の思いが届いたのか、シエスタは〝剣術使い殺し〟を使った。

これは俺が教えた技だが、相手が上段から打ち下ろしてくる剣の内側に入り、自分の剣の刃を相手の手首の位置に合わせるというもの。

すると相手は剣を振り下ろす力で、手首を切断されるのだ。

「うがあああああああっーーーーーーーっ！　俺の手首が……」

「俺の手があああああっ」

シエスタは同時に二人の手首を飛ばすと、残った一人には普通に蹴りを入れた。

蹴り飛ばされた男が、息も絶え絶えになって言う。

「……あ、あんた、一体何者なんだ……まさか……」

「はい、わたしがシエスタですよ？」

シエスタがそう告げた途端、男の態度が一変した。

「すみません、謝ります！　土下座でもなんでもしますから、命だけは、命だけは助けてください！」

「それじゃ、もう終わりで良いですね？　メルル様、治療してあげてくれませんか？」

シエスタはそう言って、こちらにいるメルルに声をかける。

メルルは頷いた。

「はい、シエスタが言うなら良いですよ」

二人の男は手首を切断されていたが、今のメルルなら簡単に治せるだろう。

彼女は呪文を唱えると二人の手を繋いだ。

「……ありがとうございます」

「ご迷惑かけてすみませんでした」

「まさか、本物だったなんて……申し訳ございませんでした」

三人の男がシエスタに頭を下げる。

「次からこういう事はしないでくださいね……それだけで良いですから」

「「わかりました、すみませんでした」」

それからシエスタはギルドやその場にいた冒険者達に言う。

「これはただのお祭りの余興なんで、罰則はなしにしてください」

シエスタの言葉を聞いた一同は、一瞬しんと静まり返ったが――

「「「「「「「「「さすがは、シエスタ様だーーーーっ！」」」」」」」」」

ギルドにシエスタを称える歓声が響き渡ったのだった。

第三章　最後の戦い

お祭りの最中だというのに、俺はなぜかまた国王アレフド四世の前にいる。

シエスタの事で盛り上がるギルドを出ると、俺はそこで王城の馬車に捕まったのだ。

ケイトをはじめ、他の仲間は逃げ出すように俺に押しつけてどこかへ行ってしまうし……

ただ一人、シエスタは付き合ってくれそうだったが、顔が青ざめ、歯がガチガチしていたから俺の方から断った。

謁見室には国王、宰相（さいしょう）、枢機卿（すうききょう）や他にも俺が知らない貴族がたくさんいる。

その全員が俺が部屋に入った途端、拍手を始めた。

もうこれは絶対に何かある。

国王が口を開いた。

「よくぞ参った、わが国の英雄ケイン殿。今日は良い知らせがあるぞ！　ついにそなたにSSランクの称号が与えられる事になった。また、そなたのパーティ自由の翼はＳＳＳランクという最高のランクとなる」

ああ、まずい……これは絶対に無茶な要求をされるフラグだ。

「ありがたき幸せでございます」

「堅苦しいのは良い。今日は無礼講である。実はな、ケイン殿。先日、ルーンガルド帝国のナポレ二世と話したのだが、その際にそなたの話になったのだ。武勇は帝国まで知れ渡っておった」

「お恥ずかしい限りです」

「そこで大変申し訳ないのだが、もう一人四天王を倒してもらえぬか？」

そこで？　何がどうやってそんな話になる？

それにもう一人の四天王なんて冗談だろ。スカル以外の四天王は本当の化け物だ。

剛腕や空の女王、そしてそれらを統括する得体の知れない者。

どれと戦ってもパーティが全滅する未来しか見えない。

俺は国王に聞き返す。

「四天王をもう一人……ですか？」

「無茶な願いなのはわかっている。半分死ねというようなものだ。だが、ナポレ二世と相談して、やはり四天王はかなりの脅威だという結論に至ってな……勇者達はまだ準備ができぬゆえ、ケイン殿にという話になった……すまんがこの通りだ」

国王が土下座をした。普通ならありえないが、このアレフド四世に限ってはそうではない。

どうせ条約の交渉なんかを有利に進める布石なのだろう。

俺が負けても王国の冒険者が四天王に挑んだという実績は大きいからな。

くそ、こんな事ならスカルも討伐しなければよかったかもしれない。

しかし国王が膝を折って頼んだのだ。断ったらもうこの国にいられない。

「国王、止めてください。このケイン、国王の頼みを断るような真似はいたしません」

「そうか、ケイン殿ならそう言ってくれると信じていたぞ。その代わり、もし倒す事ができたなら、ケイン殿には自由伯爵、ケイト殿には自由子爵、その他の者には自由男爵の爵位を約束しよう」

報奨の話までされてしまった。

もう逃げられないじゃないか……

これは少しでも条件を有利にしておかないと、よりまずい事になる。

剛腕は絶対に無理だし、得体の知れぬもう一人は、それ以上と聞く。

ならば空の女王にターゲットを絞るしかない。それだって勝率は限りなく低いが。

ただ、ゼロよりはましだ。

俺は国王に頭を下げながら言う。

「ただ、戦う四天王は空の女王でお願いします。後は勝っても負けてもこれが我々の最後の戦いです。もし生きて帰れたなら、しばらくはゆっくりと生活したいと思います」

「空の女王はそこまでの相手なのか？」

「はい、スカルは個の力が弱かったですが、他の四天王はそれが桁違いに強い。恐らく私やケイト、他のメンバーも死を覚悟で戦うしかありません」

俺が周りを見回すと、国王や宰相をはじめ他の貴族達も、全員が視線を落とした。

そして、俺はその意味を知っている。

絶対に俺達では勝てないと思っているのだろう。

国王がすまなそうに言う。

「許せ、ケイン殿。余は大変な事をそなたに押しつけている」

「お気になさらないでください」

「すまない……だが他国との約束事ゆえ変えられぬ。もし生きて帰ってきたなら、爵位の他にもラグドリアン湖の小城を近隣の土地とあわせて下賜（かし）する」

「ありがたき幸せ」

ラグドリアン湖周辺は最高の避暑地だ。

でもそんな話をしても仕方ない。

だって死んだら報奨を受け取れないからな。

パーティハウスに戻る途中、俺は考えを巡らせる。

全員で行っても皆殺しになるだけだ。

そう思って戦い方を練ってみたが、何も思い浮かばない。

俺は空の女王をちらっと見た事がある。

その時は音速に近いスピードで飛んでいた気がする。

飛翔の呪文を使って空を飛んでも、スピードが違いすぎてただ殺されるだけ。

それでは地上で戦ったらどうか。これも結局は速さの差で殺されるだけだ。

相手はケイトに身体強化の呪文を重ねがけしても敵わないくらい強い。

詰んだとしか言えないな……

それでも剛腕に比べればまだ良い。奴はこちらの攻撃が一切効かないうえ、奴の一撃でこちらの体が千切れかねない。

当たれば攻撃が通じる分、まだ空の女王の方がましだ。

それでも、勇者パーティがこれ以上ないくらい実力を上げたとしても、勝てる見込みがないのだから恐ろしい。

いずれにしても、パーティの皆は巻き込みたくないな。

パーティハウスに着くと、皆祭りから帰ってきていた。

早速クルダが尋ねてくる。

「王城はどうでした？　もしかして指名依頼ですか？」

「まあな……凄く簡単な依頼だけど、どうしても俺にという話だったからちょっと行ってくる」

するとケイトが聞いてくる。

「僕達も行こうか？」

「いや、男ばかりのむさい依頼だから、皆は町に戻って祭りを楽しんでくれ」

「それなら仕方ないか。僕達は留守番だね」

「悪いな、ケイト。俺がいない間の事は任せた」

「うん、わかった」

俺は全員の顔を見た。

帰ってこられればいいな。

「それじゃ行ってくる」

そう言って俺はパーティハウスを後にした。

町で馬車を借りた俺は、そのまま奴隷商に向かう。

「ケイン様、今日はどうしたのですか?」

店員の男が尋ねてきた。

「今日は貢ぎ物にする美少年が欲しい。従順で怖い者知らずな者がいいな」

「はあ……何人ほどですか?」

「三人から五人くらいだ」

「質が良いと言うなら今は三人しかいません」

俺は頷いた。

「それじゃ、三人をもらう。支払先は王宮にしてくれ」

「王宮ですか?」

「今回の任務で必要と言えばわかる。少しくらいふっかけても良いぞ」

「わかりました。それで奴隷紋は?」

俺は少し考えてから答える。

「……いらない。その代わり逃げないように手枷(てかせ)、足枷(あしかせ)を頼む……ついでに猿轡(さるぐつわ)もな」

「わかりました」

それから店員が連れてきた三人は見た感じ、なかなかの美少年だ。これなら良いだろう。

猿轡をする前に少し話をさせてもらう事にした。

「初めましてケイン様、僕は……」

俺は男の子の話を遮った。

「三人とも自己紹介はいらないよ。仕えてもらうのは別の人物だ」

「そうなのですか？」

「どんな人なのでしょう？」

「俺達は酷い事をされるのでしょうか？」

三人は不安そうに俺を見上げてくる。

「相手は……そうだな、天使のように美人かな。恐らく王族や貴族のお姫様以上だ」

「そんな人に？　本当でしょうか」

「美人なのですね」

「だけど、小間使いとしてですよね」

俺は首を横に振った。

「違うよ。彼女は恐ろしく美少年が好きな人物なんだ。だから怒らせなければ、凄く待遇も良いと思う」

まあ、俺が勇者パーティ時代に噂程度に聞いた話だから確約はできないけど。少年達はひとまず安心したようだ。

騙してはいない。騙してはいないが、個人的に凄く罪悪感がある。

途中で美味しい物でも食わしてやろう。

馬車に乗って町を行く。食料は奮発してＡ５ランクのミノタウロスを買い、少年達に豪華な服を買い与えて、旅に出発した。

俺は話し相手が欲しかったので結局少年達の猿轡を外した。

今さらだが空の女王は名をハービアという。

見た目は天使そのもの。知らない人が見たら天使か女神の使いに見えるだろう。

さっきも言ったが俺が調べた限り、ハービアの魔王軍以外での行動は主に美少年漁りだと言われている。

美少年を誘拐していいように扱い、飽きたら食べてしまう事もあるそうだ。

ここに付け込むしかない。

俺の考えはこうだ。

ハービアにこの美少年達をあてがう。

そして彼女のそうした欲望を満たす代わりに、味方になってもらう。これしか思いつかなかった。

我ながら作戦とも言えないほど拙い考えだ。

だが、これは案外、奴隷の美少年達には良い話だ。

ハービアは一度相手した男と二度はしないらしい。

まあ、それでも一ヵ月くらいは相手をさせられるが、そこで奴隷生活は終わり。

その後は解放してやれば良い。

「あのケイン様、ずいぶんと遠くに行くんですね」

少年の一人がまた不安そうに聞いてくる。

「ああ、僻地に住んでいる方だからな」

「その方はどんな方ですか？」

魔族の四天王だから……

「王からの信頼が厚い、身分の高い方だ」

これも嘘ではない。王は王でも魔王だけど。

「それで、美人なんですよね」

羽が生えているが……うん、間違いなく美人だ。いつも大きな鎌の魔具を持っていて怒らせると
簡単に首を斬り落とすみたいだけどな。

「凄い美人だ。まるで天使と騎士をかけ合わせたような方だ」

「それってケイン様のところのアイシャ様みたいな？」

「アイシャ？　あははははっ、確かに少し似ているかな」

その後、馬車を止めて少し休憩時間を取る。

そこで先ほど買った肉を焼いて、少年達に食べさせてあげた。

「美味しい……」

「こんな美味しい物初めてだ」

「ケイン様、ありがとう」

礼を言う少年達。心が痛むが仕方ない……これしか方法がないのだから。


それからまた馬車に乗ってしばらく、俺達はハービアがいるという岩場まで来た。

昔ハービアを見た時は、その美しさに一瞬目を奪われたものだ。

心から綺麗だと思ってしまった。

だが、その素早さは目で追えなかった。さらにその時のハービアは、片手にドラゴンを持っていた。

目を奪われたが、それと同時に体が恐怖で震えていたのを覚えている。

美しい銀髪をなびかせる姿は、堕天使と言われたら信じてしまうほどだった。

俺はそんな事を思い出しながら、思いっきり叫ぶ。

「美しくて気高い、ハービア様！　俺はケインと言います。どうかお姿をお見せください！」

すると――

「呼んだ～？」

俺はぎょっとした。

ハービアは一切の気配を感じさせず、既に俺の後ろにいたのだ。

レベルが違いすぎる……

見積もった以上だ。

はっきり言えば、勇者パーティと俺達自由の翼に加え、騎士が一万いても勝てる気がしない。

ハービアはそこまでの雰囲気をまとっていた。

俺は恐る恐る口を開いた。

「女神より美しく、気高い空の女王ハービア様。あなたにお会いしたくて俺はここに来たのです」

「へーぇ、あなたなかなかわかっているじゃない？　あの忌々しい女神より、美しくて気高いなんて、良い目を持っているわね」

「ありがとうございます。近くで見るとより一層お美しい」

まずは敵意を持たれずに済んだ。

だが、恐ろしいのは変わらない。彼女が指一本動かすだけで俺は死ぬのだから。

「そこまで私に会えて感動しているのね？　わかるわよ……私は美しいから。それで何か用？」

よし、まずは貢ぎ物からだ。

「まずは、こちらをお収めください」

俺は連れてきた少年達三人を馬車から降ろした。

彼らはたぶんハービアを知らない。だからこそ恐れないだろう。

「ケイン様、この方が我々の仕えるべき方でしょうか？」

少年の一人が尋ねてきたので、頷いた。

「そう、偉大なる女王だよ。女神のごとき美しい存在に仕えるんだ。奴隷の生活としては最高の幸せだろう？」

「ここまで美しい方に仕える事ができるなんて夢のようです」

少年の言葉にハービアは満足そうな表情になる。

「そう、そんなに私は綺麗？」

「はい、もの凄く綺麗です」

「そうか、そうか。うんうん、今私は凄く気分が良いわ！　ケインとか言ったわね？　どこかの国を滅ぼしてあなたにプレゼントしようか？」

ハービアの無邪気な提案に、俺は若干手を震わせながら答える。

「お願いはあるのですが……せっかくなので食事にしませんか？　食材も持ってきました」

「あら、そう？　気が利くわね」

「ありがとうございます」

普通に話しているだけでも、怖い。まるで蛇を前にしたカエルになった気分だ。

俺が食事の準備をしていると、ハービアが何かに気付いたように口を開く。

「あら、そこのもう一人は私とお話ししないの？　お姉さんはどうかな？」

話を振られた少年の一人が、返事をする。

「はい、とっても綺麗です。まるで傾国の姫と言われていたアフロディーナに勝るともお……」

嘘、だろ……少年の首が一瞬にしてはねられて、宙を舞っていた。

「お前の目は腐っているようね」

俺でも残像すら見えない。

ぽとっと首が地面に落ちた。

「この子は駄目だわ！　あんなドブスが私と同格だなんて侮辱も良いところよ。ケイン、あなたもそう思わないかしら？」

「そうですね。それこそ、女神とドブネズミを比べるようなものだ」

……ごめん、許してくれ。まさかハービアがここまで短気だとは思っていなかった。

残った二人の少年を見ると、顔は青ざめ歯をカタカタ鳴らしていた。

「二人とも、少し馬車で休んでいて良いぞ。この方は誰より美しくて、綺麗だ。その事を絶対に忘れるな。わかったな?」

「「はい、わかりました」」

二人はさっきまでと違って恐怖で顔を引きつらせながら馬車へ戻った。

だが、そんな様子をハービアは気にも留めない。

「まあ、わかれば良いわ。私は優しいからこれで許してあげる。それにしてもケイン、あなたが焼いている肉は良い匂いね。だけど待っている間に、こちらもいただくわね」

そう言いながらハービアは、さっき殺した少年の肉を食べ始めた。

少年達を馬車に戻して正解だ。

こんな光景を見たら、あの二人は失神してしまうだろう。

「この頬っぺたの肉が美味いのよ」

「ハービア様、俺は人間だから味覚が違うかもしれませんが、こちらの肉の方がもっと美味いと思います」

俺はそう言って焼いた肉を差し出す。

「本当?　じゃあ、いただくわね……あっ、本当に美味しいわ。人間の生肉なんて比べ物にならない」

「良かったです。それでお願いがあるんですが……」

俺は、自分の考えをそのままハービアに伝えた。

国が毎月美少年と美味な食料、住みやすい場所を提供する。

その代わり、王国を攻めない事。そして、もし可能なら味方になってほしい。

国王には悪いが、これが恐らく引き出せる最大限だと思う。

ハービアはしばらく考え込んでいる様子だったが、やがて口を開く。

「そうね、悪くないわ……どうせ魔王様は魔王城から出てこないし、私は剛腕とも四天王の統括とも仲が良いから何も言われないだろうしね。ただし、約束するのは私が王国に行って話を聞いてからよ」

「構いません」

俺は頷いた。

「そう。それじゃ、せっかくだしケインがくれた貢ぎ物でしばらく楽しむから、それが終わったら王国に行きましょう」

「ありがとうございます」

後は運を天に任せるしかないな。

するとハービアは先ほど彼女が殺した少年の死体に近づく。

「パーフェクトヒール！」

ハービアが呪文を唱えると、斬り落とされた少年の首が胴体と繋がり、かじられた頬なども再生して生き返った。

おいおい、そんな呪文まで使えるなんておかしいだろ……

パーフェクトヒールは人間では聖女以外使えない。

しかも、類まれなる才能を持った聖女が生涯を治療に捧げ、最後に覚えられるかもしれないという代物だ。

ちなみにソニアは覚えていない。

さらにおかしいのが、パーフェクトヒールは本来死んだ人間を治せないはず。

だが、ハービアはそんな常識を覆してみせた。

こんな事ができるのは、神や本物の天使だ。

俺は尋ねる。

「ハービア様は、なぜそんな事ができるのですか？　パーフェクトヒールは死人に使っても無駄だと聞いたのですが」

「よく知ってるわね。でも、それは人間が使った場合の事だわ。私みたいな天界の住民が使えばこんな感じよ？」

「天界の住民？　ハービア様は天使様だったのですか⁉」

「うーん、もう少し上位の存在よ。でも天使という呼び名はいいわね」

俺はさらに突っ込んで聞く。

「天使より上？　それじゃ女神……」

しかし、ハービアは首を横に振った。

「私の名前は天使長ハービアよ。まあもう堕天しているから、堕天使ハービアが正しいかもね」

「天使長？　それほどの存在がなぜ魔王に仕えているのですか？」

「……？　別に仕えてないわ。人間界が楽しいから、もう使命を果たすのをやめただけよ」

「使命？」

「魔王討伐よ！　今回の魔王は歴代の中でも有数の強さ。勇者に任せるなんて無理だから私が来たのよ」

えーと、ちょっと待ってくれ。情報の処理が追いつかない。

思わず俺はとんちんかんな質問をしてしまう。

「魔王はそんなに強いのですか？」

「強いなんてものじゃないわ。私と剛腕で戦っても全然勝てる気がしない！　倒せず天界に帰ったら処分されてしまうから、もう堕天するしかなかったのよ」

「剛腕様も天界の方なのですか？」

「奴には様なんてつけなくて良い。奴はあれでも武神。だけど、自分より強い奴はいない、なんて大口叩いて負けたわ」

　つまり天使長と武神は魔王に負けて軍門に下ったと。

　その二人でも勝てない魔王なんて、もう終わっているんじゃないか……

　ハービアは続ける。

「私と剛腕は戦わない約束をしている。だから私があなた達の味方につけば剛腕はもう怖くないわ。さっきも言ったけど、魔王様は魔王城から出てこないから大丈夫ね。基本そんなに人間に興味がないみたいだし。たぶん人類の最大の脅威は、四天王を統括している魔王の息子よ」

　魔王の息子、それが最後の四天王なのか？

　俺が尋ねると、ハービアは頷いた。

「そうよ。ケインはなかなか見どころがあるわね。そうだ、私の加護をあげましょう」

　ハービアは唐突にそう言って、俺の頭の上に手を掲げた。

「この者ケインに天使長ハービアの名のもとに祝福を」

　すると俺の体が光り輝き、力が漲(みなぎ)ってきた。

「……！　これは一体……？」

「私が直接加護を与えたわ」

「凄いです……この力なら……」

「ええ、勇者も賢者も聖女も剣聖も誰ももうあなたには勝てないわ。元の能力の八倍くらいにはなったかな？」

「それじゃ……」

俺は期待を込めてハービアを見るが、彼女は真剣な表情になる。

「余計な事は考えないで。加護があるといっても、剛腕相手に三回も殴られたら死ぬわ。まあ剛腕相手なら勇者でも一撃で死ぬんだから、これで人類最強のはずよ」

こんな凄い力を身につけても剛腕には手も足も出ないんだな……

「ジョブも魔法戦士からロードになっているはずよ。たぶんここしばらく人類では誕生していないんじゃないかな？」

ロードとはいわゆる超越者だ。その名の通り、人間を超越した力を扱える。

それでも魔王どころか、剛腕にも勝てないのなら強くなっても意味がない気がするが、お礼は言っておこう。

「ありがとうございます、ハービア様」

「あなたには特別にハービアと呼ぶ権利をあげるわ。親愛なる従者ですもの」

「従者、ですか？」

「そう、飼い犬みたいなものよ。知らないの？　加護をもらうとね、加護を与えた者に一切逆らえなくなるのよ？」

「えっ？」

俺はきょとんとしてしまった。

ハービアは得意げに語り始める。

「堕天しているとはいえ、天使長に仕える事ができるなんて、人間として最高の栄誉ね。私の従者なんだから歴史に名前が残るかも」

「あの……」

「別に縛る事はしないわ。だって加護を与えたんだから、あなたは放っておいても私の幸せしか考えられないはずだし」

自由を欲していた俺は、もしかして、それを邪魔するだけの存在を増やしてしまったのか。

まあ四天王と対峙して命があるだけで満足するしかない、か。

俺はハービアを乗せて馬車を出した。

そういえば馬車を出す前に奴隷の少年に聞いた話だが、ハービアは洞窟で散々楽しんだのかと思ったら、彼らを見つめていただけらしい。

「性奴隷になるんだと覚悟しましたが、見つめられるくらいでした。ですが思わず気絶してしまうほど快感でした」「見つめられただけで、体がおかしくなりました」とは少年達の談。

俺はいまいちわからなかった。

今もハービアは少年達と一緒に馬車に乗っているが、特に変わった様子はない。

だが、何もされていないはずなのに少年達は疲れていき、ハービアは艶々(つやつや)していく。

今夜はこのあたりで野営しなくてはならない。

馬車を止めて準備を終えたところで、俺はハービアに聞いてみた。

ちなみに三人の少年達は毛布をかぶり焚火(たきび)のそばで寝ている。話を聞くチャンスだ。

「ハービア様、お聞きしてもよろしいですか？」

「あなたは私の従者だから、様をつけなくても咎(とが)めないわよ」

「それはさすがにまだ無理です」

俺は苦笑いする。

「そう？　まあいいわ。聞きたい事があったらなんでも聞きなさい」

「その、何もしてないのに、なぜ少年達はやつれていくのでしょうか？」

「それは、少し恥ずかしいけど……うーん、あなた達でいうところの愛の営みみたいな事をしているからね」

俺は首を傾げた。

「そのような事しているふうには見えませんでしたが……」

「あー、そうね……神や天使のような高位の存在はその過程を省略できるの」

「それはどういう事でしょうか？」

「あなたにも関わりがあるから、教えるしかないわね……簡単に言えば、私レベルになると見つめ合うだけでお互いに快感を得られるようになるの」

俺は思わず聞き返してしまう。

「本当ですか？　ただ、見つめるだけで……その」

「そうね、例えばほら……」

ハービアは俺の目を真っすぐ見つめる。

なんだこの快感は……まずい、体中が熱くなる。

「ハァハァ、やめてください」

「ざっとこんな感じ。凄い快感でしょう？」

「はい……」

「あなたも気をつけないとね。ロードは天使ほど人間を超越していないけれど、女性に抱きつくだけで相手には性的な快感が走る。それはあなたも同じよ。手を握ってもそうなるから注意する事」

最悪だ……そんな不便な体になるくらいなら弱いままで良かったかもしれない。

だが、正直に言うわけにもいくまい。

「わかりました」

うちのパーティは女ばかりだが、本当に大丈夫か？

翌日——俺はようやく王都まで戻ってきた。

到着してすぐ、ハービアが不満そうに言う。

「ケイン、この三人はもう飽きたから、次を用意してくれないかしら？」

俺は呆れを見せないように頷いた。そして、馬車に乗っている少年達に声をかける。

「君達、もう良いみたいだ。これで奴隷から解放するよ……金貨一枚ずつあげるからこれで次の稼ぎ口を見つけてくれ」

三人はそのまま寂しそうに去っていった。

本来なら、奴隷からの解放は最高に嬉しい瞬間のはずだ。

だが、彼らは泣きそうな顔をしていた。

それほどハービアが良かったのだろうか。

だが、ハービアは「ケイン、次が欲しいわ」と催促してくる。

仕方ないので奴隷商へ行き、次の奴隷を買った。

俺達はその足で王城に向かう。

ハービアと戦って死んだものとばかり思われていた俺が戻ってきたとあって、待たされる事なく通された。

だが、急だったためか、さすがに国王が来るまでは三十分ほどかかるそうだ。

「ここの王は何様なのかしら？　私は天使の長だったのよ？　それを待たせるなんて神にでもなったつもりかしら？」

ハービアが文句を垂れる。俺はそんな彼女をたしなめながら言う。

「ハービア様、交渉は俺に任せてください。お願いします」

「わかったわ。あなたは私の加護を受けた従者。私の幸せのために動くのは当たり前だものね。任せるわ」

「ありがとうございます……後くれぐれも堕天の事は言わないでくださいね」

天使が堕天して魔王についていたなんて話をしたら、この国どころか世界の宗教に大きな影響を与えかねないからな。

ハービアは頷いた。

「全部あなたに任せる。私が幸せに暮らせる環境を整えてくれるならなんでも良いわ」

「かしこまりました、ハービア様」

しばらく待つと国王が現れた。

「本当によく戻った、英雄ケイン殿。それで、空の女王は仕留めたのか？」

俺は首を横に振って答える。

「いえ、それが空の女王と呼ばれていたハービア様は、魔王に呪いをかけられていたようです。呪いを解いて話を聞いたところ、天使長でした」

俺は話を捏造した。

武神と天使長で戦いを挑むも魔王には勝てず、呪いをかけられ魔族に変えられてしまったと。

どうにか呪いを解き、味方につける事ができた……そんな感じの筋書きだ。

「はっ！　それを信じよと言うのか？　倒せないからと言って嘘の報告はいかんぞ！　宰相よ、そのような話を聞いた事があるか？」

「ありませんな。大方命が惜しくて逃げ帰ってきたのでしょう」

国王と宰相が疑わしげに、俺を見てくる。

経緯は確かに嘘だが、結果には偽りはない。

というか、そもそも無理難題を押しつけてきたのはお前らだろ。

憤る俺をよそに、国王が命じる。

「まさか、ケイン殿が余を謀るとは……で、そこの女が空の女王とでも言うのか？　ならば簡単だな。嘘を暴くためだ、騎士団長そこの女を殺せ」

「はっ！」

同席していた王国の騎士団長は、抜剣してハービアに斬りかかった。

しかし、その剣が彼女に届く事はなかった。

「本当に無礼な獣ね……死よ、訪れよ！」

呆れたハービアが唱えると、騎士団長はばたんと倒れ込み、そのまま息を引き取った。

それを見た国王が叫ぶ。

「貴様！　本当に四天王を城に呼び込むとは……死刑に値する！　乱心したケインとそこの魔族を殺せ！」

じゃあ、どうしろというのだ……

そんな事を考えていたら、俺達は瞬く間に騎士達に囲まれてしまった。

俺は穏便に済まそうと思っていたが、今ようやくハービアが言っていた意味がわかった。

──あなたは放っておいても私の幸せしか考えられないはず……

ハービアに心が支配されたように憎しみが湧き上がる。

主を魔族呼ばわりした者を許すな、殺せ。いつの間にか、そんな感情になっていた。

運が悪い事に、俺は貴族になった事で王城内でも剣を所持する事を許されていた。

俺は剣を抜き、そのまま国王に斬りかかる。

騎士が何人も阻もうとするが、無駄だ。

魔法戦士だった俺にも勝てないのに、ロードと化した俺を止める事などできるはずもない。

「貴様、王である余に逆らうとは！」

国王が声を飛ばす。俺は思ってもない言葉が口をついて出てくる。

「天使長に逆らう愚か者め、王？　王などハービア様と比べたら虫けらだ」

ハービアは邪悪に笑っている。

「さすがはケイン、そのまま殺してしまいなさい」

「はっ！」

だが、俺が何かする前に事態は動き出した。

国王のそばに控えていた枢機卿が、手持ちの水晶に語りかけたのだ。

「聖騎士よ、女神に逆らう逆賊アレフド四世を殺せ。これは聖戦である」

聖騎士とは王国騎士団と違って、国王ではなく教会に仕える騎士達の事。

そしてそれを束ねるのが教会のトップである教皇の右腕、枢機卿ローアンだ。

ローアンのいきなりの発言に、俺は頭が混乱する。

その間に、枢機卿は最後の一言を発した。

「これは教皇様のご命令である」

「「「「はっ」」」」

俺が国王にたどり着く前に、聖騎士がアレフド四世の首を斬り落とした。

俺が唖然としていると、枢機卿が声をかけてきた。

「騒動はこのローアンがすぐに収めます。ハービア様とケイン様はあちらの玉座でおくつろぎください」

俺の口からまるで誰かに操られるように勝手に言葉が出てきた。

「大儀である……さぁハービア様、こちらの玉座におかけください」

「ケイン、しばらく静観するとしましょう。ローアンとやら、頼みましたよ」

「はっ、このローアン必ずや期待にお応えいたします。皆の者、これは聖戦だ。王族は年齢に関係なく皆殺しだ。そして王族に連なる者も同じ。この戦いで手柄をあげた者は死後や来世で幸せが約束される。心してかかれ」

　聖騎士や宮廷騎士でも白魔法が得意な者、いわゆる〝聖〟属性の強い者が全員、王族や王族派の者を殺しにかかった。

　そこへハービアが声を上げる。

「私のために戦う者には手を貸して差し上げましょう！　聖なる光よ」

　ハービアが唱えると、聖属性を持つ者は光に包まれた。

　恐らく、能力が一時的に上がる呪文だ。

「皆の者、天使長様が祝福を下さった。敵を殲滅して、ハービア様の心を癒すのだ！」

「「「「「「「「おーーーーっ」」」」」」」」

　目の前には残酷な光景が広がっていた。

　王族とそれに連なる者が次々と殺されていく。

　そして三十分もかからず、この戦いは決着がついた。

「ハービア様、ケイン様。あなた方の敵となる者はこの通りローアンが葬りました」

　ローアンが報告すると、ハービアは頷いた。

　俺はローアンに命令する。

「ならば、ローアン。殺した人間の遺体を裸に剥いた上で、手鎖をかけてここに持って来るように」

「はっ」

なんで自由男爵の俺が枢機卿に命令ができるのかはわからないが、そもそも俺も自分で何を言っているのかわからない。

しばらくして玉座の前に死体がずらっと並んだ。

「これで全部か？」

「はい、ケイン様」

するとハービアが口を開いた。

「私は女神に連なる天使長。殺傷は好まないわ、パーフェクトヒール」

すると、殺された王族や王族派の者達が次々に目を覚ます。

「さすがは慈悲深き天使長様。このローアン、こんな奇跡初めて見ましたぞ」

死人が生き返ったのだ。これで誰もがハービアが天界の住民と認める事だろう。

方法はかなり荒っぽかったが。

「余は何をしていたのだ……？　天の使いを見誤るなど、どうかしていた。これからはこのアレフド四世、身を粉にして……」

ハービアは起き上がった国王の言葉を遮って言う。

「はっ、何を言っているの？　私は命を助けたけど、罪は償わせるつもりよ？　ローアンとやら、この罪人達を森にでも捨ててきなさい」

「はっ」

やがて満足げな表情をしたハービアが、俺の方を見た。

「これでこの国はケインのものね。約束通り私の幸せのために働きなさい」

ようやく自分の口が自由になった俺は、首を横に振って応える。

「俺は冒険者で、王の器ではありません」

「ケイン、謙遜はいらないわ。あなたはロードで、王よりも勇者よりも格上の存在なのよ？」

「意味がわかりません」

「そんな事言ってないで、ロードなんだからしっかりしなさい」

俺はひとまずこの状況をなんとかしようと頭を回転させる。

「ハービア様、ローアン枢機卿、俺は今まで戦いの日々を過ごしてきました。国王なんて無理です！」

声を大にして言うと、ハービアはしばし考え込む。

「……確かにそうね。わかった、ケインの好きなようにしなさい。私が一番幸せになればあなたが王にならなくてもいいわ」

それを聞いた俺は、捨てられるはずだった王族に目をつけた。

「ローアン枢機卿、さっき捨てるはずだった国王達をいったん戻していただけますか？」

「ロードたるケイン様が言われるならそういたします」

ローアンに連れ戻された王族や貴族達は青ざめていた。

命は助かったものの、森に捨てられる運命が待っている。

森には凶悪な魔物がたくさん棲む。捨てられたら最後、そいつらに襲われて死ぬだろう。

彼らは命乞い（いのちご）をしてきた。

中には娘や領地を差し出す話をする者まで出てくる始末。

アレフド四世も例外ではなかった。

「ケイン殿、今までの事は心から詫（わ）びる。許してはもらえぬか」

俺はあっさり頷いた。

「良いですよ。許します」

「……許してくださるのですか？」

アレフド四世は己の耳を疑っているようだ。

命を奪おうとした人間を許すなど、貴族や王族では考えられないからだ。

しかし、ただで解放しようとは俺も思っていない。

「ただし、それ相応の条件があります」

俺がつけた条件は、まずハービアを正式な天使長と認める事。

二つ目は約束のラグドリアン湖近くの領地を俺に譲渡する事。

三つ目は今後俺達を裏切る事がないよう奴隷紋を刻み、行動を制限する事。

最後に俺や自由の翼にそこそこの地位をもたらす事。

以上の四つだった。

「仕方ない、必ずや守りましょう」

王や貴族達は言う事を聞くしかないだろう。

というか、俺を疑っておいて仕方ないとはなんだよ。

「ケイン様、もっとたくさんの事を望むべきだ。それに地位はいらないと思いますよ」

「ローアン枢機卿、なぜですか？」

「あなたはロードなのです。それを我々のトップである教皇様がもう世界の王に発信しています。その教皇様もここに向かっております」

教皇がここに？

「本当ですか？」

「はい」

なら、国王達の事はさっさと済ませてしまおう。

「それじゃ、奴隷商を呼んでいただけますか」

するとハービアが口を開く。

「その必要はないわ。さっきの四つを守らせれば良いんでしょう？　天使長ハービアのもとに誓約を認めます。裏切りは……そうね、魂の消滅にしましょう。はい、これで良いわよ」

「魂の消滅？」

「あははは、何ケイン、その驚いた顔は？　当たり前じゃない？　私の名のもとに結ぶ誓約なのよ。破ったら魂がなくなるなんて当然でしょう」

「死ぬのと違うのですか？」

俺が尋ねると、ハービアは説明する。

「死んだって来世があるじゃない？　魂の消滅だから来世もなしよ。この世界のどこにも存在しなくなる」

「それは逆らったら、跡形もなく消えるという事ですか？」

「そうよ。私は疲れたから休みたいわ。後はケインに任せて良い？　ローアンとやら、この城で一番くつろげる部屋に案内しなさいな」

ハービアが欠伸をかみ殺して言うと、ローアンは頷いた。

「ケイン、私が起きるまでに私が幸せに生活できるように話をまとめておきなさい。良いわね？」

「はい、わかりました」

そう言うとハービアは連れてきた美少年奴隷と一緒に引っ込んでしまった。

その様子を見ていたアレフド四世はすぐに口を開いた。

「ケイン様、ケイン様の称号ですが、英雄王というのはどうでしょう？　他の皆はどうだ？」

「そうですな、まさにケイン様に相応しい称号かと思います。私はラグドリアン湖のそばに高台の別荘を持っております。献上させていただきましょう」

「それにハービア様の存在を皆に知らしめるために女神像の横にハービア様の像を置きましょう」

結局、こちらが何か頼む前に全部決まっていった。

魂の消滅がよほど怖いのか、予想以上にこちらに都合の良い方向でまとまっていく。

ハービアについては、まず全ての教会に像を設置、そして王宮で一番美しいとされるトリアノン宮に住み、美しい少年に世話をさせる。

次にこのシュベルター王国に関して、国王は今まで通り働くし何も変わらない。

ただ、外交的にはアレフド四世が国王だが、その上に英雄王という名目で俺がいる。

後、ラグドリアン湖周辺の土地は小城も含み俺のものになった。

また、自由の翼のメンバーは、ケイトが自由公爵、他の皆は自由侯爵となった。

とりあえず、こんな形だ。

話し合いもほぼ終わったので、久しぶりにパーティハウスに帰れるな。

「ひとまず、いったん仲間のもとに帰ります」

俺は休んでいたハービアに報告する。

「テレパシーで呼ぶまでは自由にして良いわよ。ただし呼ばれたらすぐに来なさい」

「かしこまりました」

挨拶するとハービアは手をひらひら振っていた。

こうして、俺の最大の懸念は突拍子もない方向ではあるが、なんとか片付いた。

疲れた。

本当に疲れた。今は何もしたくない。

今の俺ならどんな美人の誘いも断る自信がある。布団とベッドの誘惑の方がはるかに魅力的だ。

俺がパーティハウスに戻ると、シエスタが迎えてくれた。

「ケイン様、お帰りなさい。お疲れのようですが大丈夫ですか？」

「大丈夫だよ。ただ凄く眠いだけだ。三時間くらい仮眠を取る。その後に重要な話があるから皆を集めておいてくれないかな？」

「わかりました、お任せください！」

「それじゃ頼むね」

そう伝えると俺は部屋に入り布団にダイブした。

だが、眠れない。人間は疲れすぎると眠れないというが、今の俺がたぶんその状態だ。

頭の中を整理してみよう。

剛腕はもう考えないで良い。ハービアの言う通りなら王国に攻めてはこないはずだ。

そうだ、リヒト！　リヒト達は大丈夫なのだろうか……いや、大丈夫なわけないな。

武神と天使長の二人がかりでも勝てない敵、魔王。

そして、その息子は恐らく四天王最強。

リヒトが戦うのはそれら全てだ。待っているのは確実な死。

パーティを追い出されたとはいえ幼なじみだし、死んでほしいなどとは思っていない。

でも現状だと魔族の誰と当たっても終わりだ。

今は帝国に行っているらしいが、連絡くらいはしておいた方が良いだろう。

今の俺はロードになった。ハービアが言うには人類最強だそうだ。

確かに恐ろしいほど強くなったという実感はある。

たぶん、別れる前の勇者パーティ全員を瞬殺できるくらいにはな。

だが、その俺が相手をしても剛腕にすら及ばない。

もはや人類に勝機は全くないとしか思えない。

考え事をしながらうとうとしていたら、俺はそのまま眠ってしまった。


「ケイン様……ケイン様起きてください」

「うん、シエスタ？」

体を揺さぶられて俺が目を覚ますと、ベッドの脇にシエスタが立っていた。

「三時間経ったので起こしにきまし……ふぇっ」

シエスタが急に変な声を出した。

「うん？　どうしたの？」

「な、なんでもありません！」

「……？　もしかして熱でもあるのか？」

俺は顔を赤くしているシエスタの額に手を伸ばす。

「ああっ、ケイン様すみません。体調が悪いのでちょっと失礼します」

「……わかった。お大事にな、シエスタ」

「だ、大丈夫です。あはは、失礼します！」

シエスタは転びそうになりながら、俺の部屋を出ていった。

なんだったんだ、一体。

その後、俺はベッドからなんとか出て軽く身支度を整えると、応接間に向かう。

そこには、シエスタが集めておいてくれたパーティメンバーが揃っていた。

俺はハービアの事などを都合の悪い部分を誤魔化しながら仲間に報告した。

「えーと、それはケインが英雄王、つまり王様になって僕が公爵、他の皆が侯爵になったっていう事？」

ケイトが尋ねてくる。俺は頷いた。

「そういう事だ。まあだからといって何かが変わるわけじゃないけどな」

皆はそれぞれ驚いたり、俺を心配したりしていたが、概ね納得してくれた。

「ラグドリアン湖周辺の領地をもらったって本当？」

アリスが聞いてきた。

「うん、もらったよ」

「なんであんな観光地をもらえたの？　あそこは別荘を持つだけでも凄いと言われているのに……」

アイシャもそこは疑問だったようだ。

「これはもはや冒険者の頂点なんてものをはるかに超えているのではないか？　爵位をもらった冒険者は今までいたが、侯爵にまでなった人間はいないはずだ」

やっぱりそうなるよね。色々と省いて説明してるから、疑問に思って当然だ。

「そんな事よりケイン様、そんなに危ない事しないでください……わたしは、ケイン様が死んでしまったら生きていけません」

涙目になって言うシエスタに、俺は笑いかけた。

「これでもう俺達の戦いは終わりだ。後は適当に冒険者としてダラダラしながら楽しく暮らせば良いさ」

「確かに四天王のうち二人を倒しちゃったんだもんね。さすがにもう国も文句言わないと思う。あっそうか、ケインは英雄王だから、誰も命令なんてできないよね」

ケイトが冗談交じりに言った。

しかし、俺は首を横に振る。

「それが、そうとも言えないんだ。確かに王にはなったけど、ハービアの従者だから、個人的には逆に立場が低くなった気がする」

「あの、ケイン？　天使長の従者ってもしかしたら天使の眷属になるんじゃないですか？」

「そうだね、クルダ。まあどっちにしろ凄く大変な事にはなりそうだよ」

本来なら凄い話なのだが、なんとなくしっくりこない。

「それはそうとケイン、そんな危ない話だったならちゃんと僕には相談してよ。親友だよね？」

ケイトが怒ったように詰め寄ってくる。

「悪かった、もうしないよ」

「それなら良いけど……」

俺はそこでいったん話を切り替える。

「それじゃ、明日からもまだお祭りが続くみたいだから、ひとまずそれを楽しもうか？」

「そうだね、ここしばらくは本当に忙しかったから、そうしよう。それが終わったらラグドリアン湖で魚釣りしたいな」

ケイトは相変わらずだ。

「そうだな、小城に別荘ももらったから一度行ってみるのも良いかもな」

俺達は今後の予定について、しばらく話し合うのだった。

ようやく平穏な日々が戻ってきた。

ここまで来るのは本当に長かった気がする。

何か一つ間違ったら確実に詰んでいた。

ハービアや国王の問題が一応の解決をみた翌日、俺は再び仲間達とお祭りに参加していた。

正体がばれないよう変装したのだが、町の人々にはすぐに見抜かれ「英雄王、バンザイ！　英雄パーティ万歳！」と道行く人から歓声が上がってしまう。

特にシエスタは人気があるせいか、すぐに女の子に声をかけられる。

以前より彼女の人気は増して、今では変装しても簡単にばれてしまう。

人気の理由も頷ける。シエスタは農民として生まれ奴隷になったのだ。

そんな彼女が、今や英雄パーティの主力メンバーで爵位持ち。

完全なシンデレラストーリーだ。

しかも強いだけじゃなくて家事まで万能なんだから、人気が出ないわけがない。

「戦メイドのシエスタ様よ～」

「凄いわよね。あんなに細い体なのに、ドラゴンすら簡単に葬るらしいわよ」

「料理が得意で裁縫も完璧。そして何よりも強いんだから、女神は二物も三物も与えたのね」

町の人々はひそひそと噂話をしている。

シエスタが嫌そうな顔で睨んでいるけど……あまり意味はないな。

アイシャやアリスと違って、シエスタには迫力がないので可愛いだけだ。

すると、周りで見ていただけのシエスタファンがついに彼女を取り囲んだ。

シエスタが全力で拒否する。

「ちょっとやめてください。わたしはケイン様達とお祭りを楽しむんですから！」

「えっ、ケイン様？　ケイン様もいるんですか？　どこに」

まずい、こっちにも飛び火しそうだ。

悪いなシエスタ、ここは逃げさせてもらう。

「アイシャ、アリス、全力で逃げるぞ」

「ああ。シエスタすまない。逃げる私を許してほしい」

「じゃあね～」

そうして三人で走って逃げた。

後ろから「ケイン様、見捨てないでくださいよ～。わたし、今日ケイン様と一緒にお出かけするの凄く楽しみにしていたんです～」とシエスタの悲しそうな声が聞こえてきたが振り向かずに走った。

時間はいくらでもある。買い物でもなんでも、後で付き合ってやるからな。

ちなみにクルダもメルルも囲まれていたからそのまま置いて逃げた。

二人とも気が弱いし、お人好しだから逃げられないだろうな。

ケイトはどうしたのかって？

そんなのシエスタの前に捕まっているに決まってる。いや、あいつは自分から捕まりにいったという方が正しい。

本当に仕方のない奴だ。

あいつのファンは女の子が多い。

まあ、女で剣聖なのだから憧れる人が多いのは当たり前だ。

だがケイトは他の三人とは違う。

ケイトのファンはしっかりとケイトを餌付けしているのだ。

彼女は焼き魚や串焼きが凄く好きだ。

ケイトのファンはそこに付け込んでくる。

しっかりと、串に刺さった焼き魚や串焼きを手に持って「ケイト様、これ食べてください」と迫ってくる。

実に残念な事に、ケイトはこの手の誘惑には勝てないらしく、確実に足を止められる。

いつもの事なのに、一向に学習しない。

自分から餌に釣られるような奴は気にしても仕方ないだろう。

大体囲まれて身動きが取れなくなってから「ケイン、僕達親友だよね？」と涙目でこちらを見ても遅い。

それにあいつは女の子が好きだから、どうせ困っていないのだ。

本気で嫌なら剣聖なんだから簡単に逃げられるしな。

嫌がるのはただのポーズに違いない。

ケイト、喜べ。お前の欲しかった嫁は選び放題だぞ。

その後、パーティハウスに戻る前にアリスも捕まって、結局無事に帰ってこられたのは、俺とアイシャだけだった。

「ぷっ、あはははは」

「どうしたんだケイン、急に笑い出して」

突然声を上げて笑い始めた俺を、アイシャが不思議そうに見つめてくる。

「いや、なんだか凄く楽しいなって思ってな」

「人気者になったのが楽しいのか？」

「違うって。仲間がいるのが楽しいんだ」

勇者パーティを追い出された俺が一番欲しかったのは、きっと地位でもお金でもない。

たぶん仲間だ。

小さい頃から勇者パーティの四人と一緒にいるのが当たり前の生活を送っていた俺にとっては、リヒト、ソニア、リタ、ケイトだけが世界だった。

子供の頃から一緒に育ち、パーティを組んでからも一緒。

そばに彼らがいない生活など考えられなかった。

俺が悩んでいる時に、友人のオークマンは俺に「勇者パーティを抜けるだけで幸せになれる」と言ってくれた事があったが、信じられなかった。

俺には力がある、お金も稼げる、だから何も困らない。

そう言っていたが、気付かないうちに強がっていただけなのかもしれない。

なぜなら、あの頃の俺には、幼なじみはどんなにお金を積んでも買えないという気持ちがどこかにあった。

オークマンに連れられていった奴隷商には、凄く美しいエルフもいた。

そんな最高の美女を目の前にしながら、俺の心は晴れなかった。

どんな美女も幼なじみという存在を超える事はなかった。

だが、俺の気持ちをいつの間にか変えてくれたのが今の仲間だ。

まあなぜか普通にケイトもいるしな。

アイシャが感慨深そうに頷いた。

「仲間か……確かにそうだな。私もそうだが、今のメンバーは全員がソロに近い状態だった。こんな楽しい日々が待っているなんて思ってもいなかった」

「本当にそう思うよ。アイシャには感謝してもしきれないくらいだ」

「そんな、感謝なら私の方がはるかにしなくちゃならない」

俺はそんな事はないと笑いながら、アイシャが仲間になった時の事を思い出していた。

――ちょっと話をさせてもらって良いだろうか？

――別に構わないけど、メンバー募集の話かな？

――そうだ。私の名前はアイシャ。Aランクでそこそこ有能な方だと思うのだが、メンバーとしてどうだろうか？

そう言って話したのが最初だった。

一番に仲間になってくれたのがアイシャなのだ。

あの時は剣姫なんて言われている凄い奴が俺の仲間になってくれると、それしか思わなかった。

今やパーティの大事なムードメーカーだ。

すぐに「嘘だったら、泣くからな」とか言い出すけど。

まあ、アイシャは俺達以外にこんな事を言わないから気を許してくれているのだろう。

それにアイシャがパーティに入ったからこそ、アリスも仲間になってくれた気がする。

最初アリスは俺を見ていたが、声をかけるかどうか迷っているようだった。

アイシャが入ってくれなければ、どうなっていたかわからない。

確かに男一人のパーティだし、勘ぐるのも当たり前だ。

今思えばそんな事を気にせずに飛び込んできたアイシャがクルダを引き入れた。

そしてアリスがメルルを引っ張り込んで、アイシャがクルダを引き入れた。

彼女達と一緒に行動して、家を管理する存在が必要だからと奴隷商に行き、シエスタと出会った。

だが、もし他の家事奴隷がいないあのタイミングじゃなかったら、シエスタを買わなかった可能性は高い。

だから、今のこのパーティは、いくつかの偶然が重なってできたものだ。

何か一つ条件が合わなかったら揃わなかった。

「どうしたんだ、ケイン。急に黙り込んで」

アイシャが不思議そうに俺の顔を覗き込んでくる。

「少し前の事を思い出していたんだ」

「前の事?」

「ああ。俺は前にアイシャに死ぬまで一緒にいたいと、そう言ったよな」

「……ああ、そんな事もあったな」

アイシャが懐かしむように答えた。

「あれ、訂正するわ」

「確かに大袈裟な話だ」

俺は笑って首を横に振る。

「違うよ。死ぬまでじゃない。死んでも、いや何度生まれ変わっても一緒にいたい」

するとアイシャは赤面する。

「ななな っ……ケイン、完全に言質取ったぞ。あの時はそうでもなかったが、今の私とお前はもうかなり親しい仲間だ。もう訂正は絶対に聞かないからな」

急に慌て出すアイシャに、俺は首肯する。

「ああ、絶対に訂正しないから大丈夫だ」

「そそそ、そうか？　それなら良いんだ……わ、私も同意だ。背中を預ける相手はケインしかいない。何度死んでも一緒に……いたい」

「そうだな、俺も同感だ」

アイシャが仲間になってくれたからこそ、今のパーティはできた。

あの時、もしアイシャが声をかけに来てくれなければ、他の奴とパーティを組んでいたかもしれない。

それはどんなパーティになったか、今ではわからない。

だが、絶対に今ほど楽しいパーティではないと言い切れる。

アイシャは少し恥ずかしそうに言う。

「本当に嬉しくてたまらない。もう訂正は聞かないからな……いいな、絶対に聞かないから」

何度念を押すんだ、こいつは。

「変える気はないぞ」

そう俺が言うと、アイシャは顔を真っ赤にして自分の部屋に走っていってしまった。

もっと感謝の言葉を言いたいくらいなのに。

それからしばらくしてアリスが帰ってきた。

「本当に酷い目にあったわ……」

やつれたアリスを見て、俺は笑う。

今思えば、こいつは最初からおかしかったな。

アイスドールって呼ばれて、ほとんど喋らない氷のような美少女って聞いていたのに、次から次へと喋り倒すし。

今やこのパーティで一番お喋りなのはアリスじゃないかな。

「どうしたのケイン、私を見つめて。まさか見惚れてた？」

たぶん、アリスはこのパーティじゃなければこんな冗談を言わない。

前はそっけない会話しかしていなかったのをメルルから聞いた。

俺はアリスに冗談で返す。

「見惚れていたかな」

「なっ……へえ、そうなんだ。まあ私は綺麗だから当たり前よ」

「そうだな、確かにアリスは綺麗だよ」

今では会話だけでなく表情もコロコロ変わり、見ていて飽きない。

会った頃からよく話してはくれたが、表情までは変わらなかった。

恐らくアリスもここを気に入ってくれたんだと思う。

「以前にアリスは金貨一億枚にも代えられないって言った事あるよな」

「そうね、言っていたわね」

「あれ、訂正するよ」

俺はアイシャの時と同じ言葉を使った。アリスはふんとそっぽを向く。

「確かにあれは大袈裟すぎよ……それで今の私にはどのくらいの価値があるのかしら」

俺は正直に告げる。

「この世の金貨全てでも足りない。さらに言うなら俺の命よりも大切な存在だ。そう訂正させてもらうよ」

「今、なんて言ったの？　この世の金貨全て？　命より？」

「言ったけど？」

「自分が何を言っているかわかっているの？　凄い重要な事なんだけど……」

「俺にとってはそのくらい大切な存在だと思っているよ」

俺の言葉を聞いたアイシャは、うつむいた。

「わ、私は疲れたから部屋に戻るわね……全くもう、ふふ」

アイシャといいアリスといいどうしたんだ？

二人とも自分の部屋に行ってしまったので、俺は紅茶を淹れてゆっくりする事にした。

酒も飲むが、どちらかと言えば俺は紅茶の方が好きだな。

「ケイン様、置いていくなんて酷いですよ～」

そう言って帰ってきたのはシエスタだった。

たぶん、シエスタはあのくらいの状況ならその気になれば簡単に抜け出せる。

それこそ、ジャンプでもして屋根から屋根へ走れば良いだけだ。

「はは、ごめんごめん。でもシエスタファンは凄く熱狂的だから、巻き込まれると困るんだよ」

「だからって見捨てるなんて酷いですよ」

シエスタはご立腹のようだ。

「本当に困っていたなら助けたけど……違うだろう」

「はあ、さすがケイン様はちゃんと気が付いているんですね」

シエスタは最近自分の価値を自覚している。

村娘出身で奴隷だった自分が貴族にまでなった事で、同じような境遇やスラムの子供に夢を与える事ができると思っているようだ。

だからこそ、そういう自分を応援してくれる人と時間を過ごす事を、実はそれほど嫌がっていない。

「しかし、シエスタは本当に綺麗だ」

俺が改めて褒めると、シエスタは笑った。

「この黒髪黒目が綺麗だなんていう人はケイン様くらいですよ」

シエスタはそう言って俺を見上げる。

俺はそんな彼女に優しく笑いかけた。

すると、今のやり取りを帰ってきたケイト、メルル、クルダに見られていたらしい。

「ケイン！　僕という者がありながら何いちゃいちゃしているんだ！」

「ケイン、あたしも褒めてほしいです」

「ずるいです！　うちも！」

言われるままに三人の相手をしていると、アイシャとアリスが顔を出した。

「おい、ケイン、さっき私に言ったばかりだろう」

「まあ、こんなものよね……」

怒るアイシャにぼやくアリス。

俺はおかしくなって笑ってしまった。

いつも一緒にいてくれる仲間がいる。

本当に欲しかった物はお金でも地位でもない。

誰かがそばにいてくれて、楽しく笑っていられる毎日だ。

帝国に行ったリヒト達の事は気になるけど、俺はこの生活をわりと気に入っている。

これからもこんな毎日が続けばいいな……本当にそう思う。

そのためなら俺はなんでもできる。

心からそう思った。

追い出されたら、何かと上手くいきまして
OIDASARETARA
NANIKATO UMAKU
IKIMASHITE
1~4
家から追放された
自称・落ちこぼれ少年は「天の申し子」!?
桁外れの魔力持ちでも
ゆる~っと学園生活!
雪塚ゆず
Yukizuka Yuzu
トリティカーナ王国の英雄、ムーンオルト家の末弟であるアレクは、紫の髪と瞳の持ち主。人が生まれ持つことのないその色を両親に気味悪がられ、ある日、ついに家から追放されてしまった。途方に暮れていたアレクは、偶然二人の冒険者風の少女に出会う。彼女達の勧めで髪と瞳の色を変え、素性を伏せて英雄学園に通うことになったアレクは、桁外れの魔法の才能と身体能力を発揮して一躍人気者に。賑やかな学園生活を送るアレクだが、彼の髪と瞳の色には、本人も知らない秘密の伝承があり——
◆各定価：本体1200円+税　◆Illustration：福きつね
追い出されたら、何かと上手くいきまして
Yukizuka Yuzu
雪塚ゆず
家から追放された
自称・落ちこぼれ少年は「天の申し子」!?
桁外れの魔力持ちでも
ゆる~っと学園生活!
愛され少年の異世界ほんわかファンタジー
1~4 巻好評発売中!

F ranku bokensya no kimamana henkyo seikatsu
最強Fランク冒険者の気ままな辺境生活？
紅月シン
コミカライズ好評連載中！
無自覚チート ダダ漏れの お気楽ライフ!?
1~3
元Sランク勇者の
天然やりすぎファンタジー！
魔境と恐れられる最果ての街に、一人の少年がふらりとやって来た。彼の名は、ロイ。Fランクの新人冒険者である。魔物蔓延る過酷な辺境での生活は、彼のような新人にはあまりに荷が重い。ところがこの少年、実は魔王を倒した勇者だったのだ。しかも、ロイにはその自覚がまるでないものだから、周囲は大混乱!?
規格外新人冒険者のちょっと賑やか（？）な辺境生活が始まる！
●各定価：本体1200円＋税 ●illustration：ひづきみや
最強Fランク冒険者の気ままな辺境生活？
紅月シン
魔物蔓延る最果ての魔境で……
無自覚チート ダダ漏れの お気楽ライフ!?
元Sランク勇者のチートな日常、開幕！
全3巻好評発売中！

この作品に対する皆様のご意見・ご感想をお待ちしております。
おハガキ・お手紙は以下の宛先にお送りください。

【宛先】
〒 150-6008 東京都渋谷区恵比寿 4-20-3 恵比寿ｶﾞｰﾃﾞﾝﾌﾟﾚｲｽﾀﾜｰ 8F
（株）アルファポリス　書籍感想係

メールフォームでのご意見・ご感想は右のＱＲコードから、
あるいは以下のワードで検索をかけてください。

アルファポリス　書籍の感想

ご感想はこちらから

本書は Web サイト「アルファポリス」（https://www.alphapolis.co.jp/）に投稿されたものを、改題・改稿のうえ書籍化したものです。

勇者に全部取られたけど幸せ確定の俺は「ざまぁ」なんてしない！

石のやっさん（いしのやっさん）

2021年 2月 28日初版発行

編集－今井太一・芦田尚・宮坂剛
編集長－太田鉄平
発行者－梶本雄介
発行所－株式会社アルファポリス
〒150-6008 東京都渋谷区恵比寿4-20-3 恵比寿ｶﾞｰﾃﾞﾝﾌﾟﾚｲｽﾀﾜｰ8F
TEL 03-6277-1601（営業） 03-6277-1602（編集）
URL https://www.alphapolis.co.jp/
発売元－株式会社星雲社（共同出版社・流通責任出版社）
〒112-0005東京都文京区水道1-3-30
TEL 03-3868-3275
装丁・本文イラスト－サクミチ
装丁デザイン－AFTERGLOW
印刷－中央精版印刷株式会社

価格はカバーに表示されてあります。
落丁乱丁の場合はアルファポリスまでご連絡ください。
送料は小社負担でお取り替えします。

ISBN978-4-434-28550-9 C0093